生生之门

叶浅韵 著

北京出版集团
北京十月文艺出版社

目录

生生之门

梦里有杀戮和偈语，砒霜和蜜糖，都在神的手上。生与不生，都是命。

——题记

1

一道门，隔着帘子。无风的盛夏，帘子哗啦过来，哗啦过去，人进一趟，出一趟。呻吟，痛苦的呻吟，从昨天下午太阳落山时开始，就一直没有停过。家里的气氛变得有些奇怪，说是二伯母要生产了，但我感觉不像在迎接一个新生儿，倒更像在恭候一个敌人。我爷爷已经把大门的门槛撬了，他说，要向什么神仙投降，以表诚心。

我父亲和母亲一大早就去后面山上种苦荞了，说要趁着刚刨完洋芋，地软，有余肥，把苦荞撒下去，那几块地够他们忙活一整天。出门前我奶奶在铁锅里烙了几个苦荞粑粑给他们带着当午饭，剩下的一些放在簸箕里凉着。我最不爱吃那个鬼东西，又苦又硬，偶尔家里会得一点点蜂蜜，苦荞粑粑蘸着蜂蜜倒是会有一些滋味。我知道，说饿了奶奶会让我啃一个苦荞粑粑。我才吃了一口，苦凉的味道就从舌尖爬上了眉头。这时候，我奶奶爱说那一句老掉牙的话：苦荞粑粑才动边！村子里的人都会这么说。他们用这句话来比喻自己不喜欢的生活才刚刚开始，一口下去，才动了个边边角角，辛苦的日子还早着呢。天然的宿命，是村子里的人不可抗拒的选择。苦荞不好吃，但必须要吃，能有苦荞接接口让家里人不饿肚子，这已是神的恩赐。我奶奶总爱讲起她那个年代吃树叶、草根的故事，好像能吃饱肚子已然是一种应该知足的生活。

屋里，二伯母还在呻吟。那声音让我想起去年腊月里的事，那头黄毛猪被几个人用绳子绑缚起来抬上案板，它无力地反抗和哼叫，带着绝望和无助。白刀子进去，红刀子出来时，它叫喊的声音渐渐弱下来，四只脚机械地动了好几下，然后，它就死了。

我手上的苦荞粑粑被我啃了半边后，就放在手里玩弄着，我奶奶没好气地说，你这姑娘，肚子里有点数了，就要开始作踏粮食，吃不完就放回去，给你爹晚上回来吃。

我奶奶派我二伯去三十多里开外的地方，请了个接生婆回来。说是接生婆，却是个四十岁左右的男人，我奶奶的火噌一下就到了脑门心，她尖着小脚怒气冲天地站在她的二儿子面前，说，命，人命，都快要活不得了。你说哪回让你出去做的事情，你是给老娘办圆恰了的。我二伯有些口吃。他说，去、去、去大村子请了王婆婆，她、她，她家、她家、她家里人说，她、她、她、她……“她”了半天还没“她”出后面来，我奶奶说，她是给着老鹰叨去了？我二伯头上的青筋暴出老高，总算把他要表达的意思说完整了。原来，王婆婆骑着她的小白马去了四十多里路外的大山深处帮人接生，是昨天半夜里走的。王婆婆的邻居是好心人，她说，救命要紧，快去对面那山上请了缪仙家去，神药两解也可保个万无一失。我二伯脚下生风就去请了缪仙家。

屋子里传来我二伯母虚弱沙哑的声音，她像是用尽所有的力气在喊叫，妈，妈，快拿扦猪刀来。我奶奶说，我的儿呀，缪仙家来了，你忍着，忍着哈，他会有办法的。扦猪刀，事实上是叫杀猪刀。但在这个家里，笃信菩萨的奶奶见不得“杀”字，她说杀生是一种罪孽，该回避的要回避一下，省得沾染了邪恶。一个“扦”

字，是死的另一种生，是猪的一种命运。猪的生死都掌握在人手里，而人的生死，也许是掌握在神的手里。

在缪仙家神神道道的咒语里，仿佛我眼前的这个世界都被一种无形的东西主宰了。他敬完各路鬼神，转身从他洗得发白的帆布包里掏出旧纱布、剪刀、钳子等。奶奶端来一盆热水，他的一双手在水里来回地搓洗。我奶奶说，仙家，没什么洗的，就有点凤尾竿子烧成的碱灰水，你将就着洗下吧。家里的洗涤用品都是纯天然的，除了碱灰水，还有白泥沙和皂角树上结的皂角。缪仙家用手抄了两把碱灰水，又用清水冲洗了好几道。屋子里又传来我二伯母的声音，她说，我要死了，快让我死了吧。

帘子一动，我奶奶和缪仙家都进去了。我曾悄悄地掀开过帘子，偷看二伯母，她睡在光光的板床上，下身赤裸，肚子像一只巨大的南瓜，圆滚滚地侧在一边，身子下边淌了一大摊水渍，头发被汗水浸湿了，嘴唇青紫，面容扭曲。我轻轻地喊了她一声，她没理会我。我赶紧就出来了。

这村子的周围都种满了竹子，毛竹、金竹、紫竹什么的。到了夏天，树荫下，三五成群闲来没事的姑娘媳妇，不是在使针线，就是在编竹帘子。每一道门上的帘子，就成了一种价廉物美的装饰，算是给贫穷的家添了点小风情。哦，对了，“风情”这种词汇在村子里是没有人知道的。只有在如今的回忆里，那些苦难贫穷中不一样的响声才会多出几分韵致。

除了帘子，我还对木门和窗子保留着一些特殊的记忆。尽管后来在一场大火中，村子里一家挨着一户、一户连着一家的房子都烧毁了。那些镂空雕花的窗子、木门，以及透着神秘气息的百年供桌，一切都散发着古老陈旧的味道。夏日的早晨，一个一个小脑袋从楼上的窗子里伸出来，咯咯咯地笑着，瓦檐下的红辣椒和大黑猫就醒了。我们风一样地穿过田野，去捉虫子，去找猪菜。遇见蛇，遇见蝴蝶。被蜂叮过，被狗咬过。

一村子的调皮娃娃，哭声、喊声、笑声、吵闹声，日子就像夏天的日头一样火热。每一个孩子都吃过父母的棍棒，村子里的人说这叫“吃跳脚米线”，那些从山上弄来的细条子，一打一条白痕，痛得直跳起脚来。我奶奶总爱护着我，她说，只要不憨不包[①]的娃娃，哪一个又是依你大人打整来着，你叫他往东他就往东、叫他往西他就往西的时候，怕也是急死几代人的憨货。我母亲就一副恨铁不成钢的样子，丢下棍棒匆匆去了地里。有时我摔了一跤，脑门都出血了，我奶奶也一边哄我一边说，摔哈打哈[②]就肯长了。就算是有一次偷了邻家的瓜果被人咒骂，我奶奶也说，咒哈就咒哈了，

① 不憨不包：意为既不聪明也不憨傻。滇东北部地区方言。

② 哈：指一下子的意思。此处摔哈打哈，意思是摔一跤和被打一下。滇东北部地区方言。

咒哈肯长[1]。肯长和长大，在村子里是一种希望，就像每一个家庭里养着的小猪儿，主妇们盼望着它们肯吃肯长一样。

二伯母又叫喊了起来。我爷爷手上的长烟袋一直在冒着细烟，他吧嗒着一锅又一锅的旱烟，已经去楼上的“天地君亲师位”之前的香炉里点了好几回香了。缪仙家叫“使力，使力……”二伯母的声音越来越虚弱，我奶奶一盆一盆端出来的水都是红色的。看着那些红色，我想起了前些天我从树上摔下来，脑门上的血顺着脸颊淌下来，我奶奶帮我包完伤口后，洗脸洗手的水全都是红的，我一直止不住哭声，我以为我会死掉。我钻进爷爷的长衫里，闻着他身上又臭又有隐约香味的特殊气息，心里一阵又一阵害怕。若是往常，我爷爷是要挠我的胳肢窝里的痒痒的，我也要摸他下巴上的长胡子玩的。

缪仙家的声音：使力，快使力，看得见头了……。谷哪，谷哪……饿了，饿了……洪亮的婴儿啼哭声音传来的时候，我爷爷丢开嘴里的烟袋，使劲地拍了一下他的大腿说，菩萨保佑，肯定是个带把儿的，声音这么大。他说完随手捏了捏我的脸蛋，眼睛里满满的欢喜像是要溢到我身上。我奶奶说，孙子，孙子，我的孙子。全家人一下沉浸到添了男丁的喜悦里，二伯母刚从鬼门关

① 咒哈肯长：咒，与骂同义。肯长，指人或植物容易生长。咒哈肯长，意为被骂一顿长得更快些（文中指小孩子）。滇东北部地区方言。

打了一个转儿的事，倒是被大家给冷落了。仿佛有了生的降临，死就显得那么微不足道了。

缪仙家的脸上挂着汗珠子，像我父亲从后山上干了重活路[①]回来，一口气歇在石坎上，额头上的大汗像不停息的小溪流一样，直到他抽完一根草烟。缪仙家清洗着那几块纱布，一盆又一盆浸着二伯母鲜血的水，泼出去，又泼出去，重复了不知多少遍以后，那几块纱布终于见到点白色的痕迹了。缪仙家把它们放在水里煮沸了，才晾晒在外面的柴堆上去。

第二天早晨，二伯抱着一只红公鸡去给丈母娘家报喜去了。我的眼前又出现缪仙家一盆一盆泼出去的血水，想起这村子里的人爱说的一句话，嫁出去的姑娘泼出去的水，泼出去的水都浸到了土地里，转眼就不见了影踪，那它们都去哪儿了呢？南山嫁了一个姑娘，北山又嫁了另一个姑娘，她们都是村子里的客人，只在一些特别的日子里，回来看看，又马不停蹄地回去了。这方圆团转[②]村子里的人说谁家嫁女儿这事，还有另一种说法，叫打发姑娘。谁家定了嫁女儿的日子，就会说，某某人家哪天打发姑娘，要吃个酒去。

有了孙子的爷爷，像是在他的血脉里注入了兴奋剂。那个晚上，

① 重活路：重体力的活计。滇东北部地区方言。

② 方圆团转：指周边、周围。滇东北部地区方言。

他在梦里唱起了情歌："啊，隔河的哥哥望见妹爬坡，头发辫子往后拖，我的小情妹……"大概是想起了他年轻时赶马的那一桩往事，为了粮食，他用马驮着村子里的乡亲们用竹子编制的箩筐、背篼、簸箕等，翻山越岭去贵州换粮食。曾经有一年遇上灾荒，生意难做，一路雨淋日晒，回到家粮食全都出芽了。爷爷讲的故事里曾有一个头上戴着大饰品的新婚娘子，那饰品足足有簸箕那么大。在我们村子里，这样装扮的一定是七老八十的女老人[①]了。爷爷一开口就叫人"大妈"，待回过头来，才知是个俊俏的小妹。

生了儿子二伯母在这个家的地位明显高出了一篾片，对，一篾片，这是我母亲在挑水歇气的时候跟人说的。村子里的竹子常常成为她们比喻什么东西时候的参照物，比如说，太阳升起一竹竿了，打核桃就打了几竹竿，小菜出了篾片高了什么的。竹子已成为一种言语上的秩序，就连对生育稠密的女人们，她们也会说，就像春天出笋，一个赶着一个。那时，我不知道生男生女的概念意味着什么，但对于接连生了几个女儿的母亲，这听上去气不顺的话语，得到了与她同样境况的几个婶娘的响应。她们的语气里都有一种生不着儿子不罢休的坚定。

村子里有一户人家已经连生了八个女儿了，那个我要叫五伯

① 女老人：泛指女性的老人，一般指70岁以上的老人。滇东北部地区方言。

母的女人佝偻着腰挑水的时候，我又看见她鼓起的肚皮。我曾听见她与村子里另一个女人吵架的时候，互相对骂难听的话，她高涨的气焰在听到一句话之后顿时偃了下去。那个女人恶毒地说，让你家断子绝孙，成为老绝户。她像是突然被人摸到了软处痛处，一下子蹲到地上，号啕着伤心着。另一个女人生了五个儿子，像是得了天大的势力一样，腰板挺得老直，声音老大。

没过多久，五伯母又生了，据说她的丈夫在第一时间看了婴儿的性别，又是个女儿，失望中带着愤怒的五伯父对他的老母亲说，快拿粪箕来端了丢出去，要这么多熬人吃的货[①]，还让人怎么活下去。见五伯母还在床上哼哼着，他的火气更上到了头顶，大声叭嗓地说，你还趴着干什么，还不赶紧给我起来，该干嘛干嘛去。难听的话还没说够，五伯母又生出了一个娃，是个男娃。五伯父像是中了什么大奖，高兴得直搓手，赶紧叫他老娘，捡起来，快捡起来，别冷着冻着了。转身就去外面煮红糖鸡蛋，煮了六个，端来慢声细气地叫他媳妇吃下去。生了儿子的五伯母大概是这许多年来第一次见到丈夫的温存，眼睛里的眼泪再也噙不住，这些年的委屈忽然就有了一个去处，鸡蛋没吃完，就哭得伤心不已。她婆婆说，快别哭了，月子里的眼泪会致下病根的。五伯母哭得

① 指家里粮食不够却又多一张嘴吃饭。滇东北部地区方言。

更厉害了，她生养了那么多女儿，自第三个女儿之后，哪一个月子不是泪水泡过来的。如今，倒是生出了一个儿子，就什么都变了。她想起丈夫刚说要端了丢掉的女儿，心一横一凉，又仗着些刚生了儿子的底气，指着眼前的这对母子说，要丢就两个都端了丢掉吧。婆婆说，这是龙凤胎，打着灯笼火把也找不到的龙凤胎，你别乱说，千万别乱说，快些躺下，躺下。

这娶进门的媳妇，谁的肚子会是空着闲着的，都是一胎接一胎地生。曾有娶进门的媳妇，生养了几胎都带不活的，村子里的老人们偏偏弄出个怪懂[①]的词，叫“练腰”，说媳妇年轻了，练练腰杆劲，以后再生养就好了。带不活的都是坏掉的，坏了，就是老天要收回去的。也有的人家，“练腰”这两个字都说不过去了，坐了许多年的空月子，又说要带个来“压长”，就去村子外远些的地方，抱一个婴儿回来，通常抱养的都是女儿。再穷再苦，上村下铺就没听人说舍得丢弃儿子的。说来也是奇怪，抱养了一个女儿来“压长”的人家，再往后生的娃娃，就一个个带大成活了。

村子里的人大多是同一姓，来自同一个祖先，但经过一代又一代更替之后，就有了亲疏远近。一道门关上，一道门开启，便有了彼此，有了分别。在打断骨头连着筋的地方，会形成一个小

① 怪懂：深奥、难以理解的意思。滇东北部地区方言。

小的堡垒。有时，他们会为了房前屋后的几尺宅基地，为了大人孩子口中不经意的一句话，闹得不可开交。吵架的时候，谁又会顾及谁的脸面，通常都是哪句难听伤人就说哪句。兄弟妯娌间一时当了外人，互相指责对骂，为了一丁点儿的利益红了脸，又会为了另外一丁点儿的好处不计前嫌。村子里常常会发生这样的事，但有一点是齐心的，无论哪户人家里有人死去了，必然是整齐昂扬地举全村的力量，送死去的人最后一程。至于生这件事，倒显得草率了些。就比如，我二伯母刚生了儿子这件事，除了我爷爷奶奶高兴了一阵子，我父亲母亲不大高兴了一阵子，村子里只有两个素日与我二伯母相交甚好或是人家欠了她人情的人送几个鸡蛋表示祝贺之外，没有人把我二伯母生儿子这件事放心上。村子里一年降生多少男娃女娃，估计也没有人来认真统计过。他们都在妈妈的奶头子上吊至一岁两岁，妈妈要生产下一胎了，才断了上一胎的奶。村子里的妇女们都是这样过来的。即使在我二伯母与村子里的女人们讲述她如何从鬼门关打了一转儿的时候，也没几个人有心向着她。甚至还有人说，女人生孩子就像剥蚕豆米一样，生来生去，瓜熟蒂落，一挤就出来了。你看，你看人家刘大嫂子，挺着个肚子背着箩上山，娃娃生在山上，一样凑手的工具也没有，人家找块钝石头把娃的脐带敲断了，脱件衣裳包着就回来了。

这村子里除了我二伯母生产时较为困难些，其他只是听一些老人讲，谁生娃生死了，谁的娃一生下来就死了，仿佛那些古老的事都不会与她们发生任何联系。直到前排房子的二婶在挣扎了两夜三天之后，连同肚子里的娃娃一起死了，一口棺材抬了两个人，村子里的男人和女人们才对妇女生产这件事缄默了很长时间。至少不再有人开玩笑把豌豆米和蚕豆米与妇人生产联系在一起了。

悲伤也像村子前头的那条河流一样，夏天涨水的时候，浩浩汤汤，到了冬天，潺潺流流。第二年，二叔又娶了新妇。

2

许多年来，村子里的生老病死，自然得如同季节的变化一样。“生死有命，富贵在天”这八个字被人们随时随地挂在嘴边。那时，乡村里的人觉得看电影还是一件稀奇的事情。听说，哪个村子来了放映队，方圆团转都会奔走相告。曾经在很长一段时间里，在电影开始前，总是有一个人拿着大喇叭宣传计划生育政策。好不容易电影开始了，小孩子们都迷糊着[①]了。每次我才一睡着，我母亲就一下下地把我摇晃醒了，我也一遍遍地追问母亲，银幕上刚出来这个是好人还是坏人。草地上，有个姑娘穿着裙子在散步，村子里的几个年轻小伙子就眨巴着眼睛站在幕布下面，希望能看

① 形容小孩子想睡又睡不着。滇东北部地区方言。

见点什么。母亲是读过几年书的，她说，这些憨货，这个是投射过去的影子，连这个都不知道，真是！

起初，人们以为计划生育只是下几场毛毛雨，说说讲讲就过去了，人们还是要在土地上劳作，在自家院子里吃烟、喝水、歇气，生的生，死的死，嫁的嫁，娶的娶。春天要种洋芋、苞谷，夏天要薅草、施肥，秋天要收割，在收完洋芋后还顺便种上一拨儿苦荞。不怕高冷寒凉的苦荞，就着洋芋地的余肥，快速地发芽，长大，开花。一坡一坡的苦荞花，比夏天的繁星还好看，风一吹过，就像无数的希望被点燃。苦荞的生长周期短暂，产量却是很好的，它们扭成索弯下腰的时候就可以收割了。丰收的季节，我奶奶有个顺口溜："苞谷像牛角，洋芋像秤砣，荞麦扭成索。"方言里都是押了韵脚的尾字，一上口就满嘴生香，喜气洋洋。我不喜欢吃苦荞粑粑，但我喜欢看奶奶做苦荞粑粑，和着适量的水搅匀的那个动作太好玩了。我常常从奶奶手里接过来，搅啊搅，拌啊拌，可怎么也没有奶奶那么娴熟，像是要在碗里开出一朵朵苦荞花来。

村子前头的大路两旁有两排百年的石榴树，正是五月，石榴花开得红艳艳的，有风轻过，花瓣像雨一样飘落下来。一村子的孩子们都喜欢在树下玩，爬的，跑的，笑的，闹的。有牛经过，后面就传来吆喝的声音，大孩子抱着小孩子，躲过牛的脚蹄子，又到泥土里的虫子身上找乐趣去了。村子里那些能写字的地方，都用石灰刷上了标语。“生男生女一个样”“要想富，少生孩子多种树”“生儿子是名气，生女儿是福气”……以前从未听说过的词语像潮水一样涌进村里，人流、引产、放环、结扎……仿佛春天的竹笋都还未冒尽，村子里的生活秩序就发生了巨大的改变。树荫下，院窝里，土地上，屋檐下，到处都是耳朵与嘴的互动。鸡飞狗跳的日子让它们比土地上的呼唤更令人揪心，各种各样的消息让每一个家庭的未来都充满了恐慌。

计划生育（简称计生）工作队来到我家的时候，我的母亲已生养了一个儿子，按政策必须去做结扎手术。

我母亲说，我去做结扎手术吧。我爷爷说，做什么做，一个儿子，太单了，走出去被人欺负，连个帮手都没有呢，怎么说也得再生一个儿子，有个伴，再去也不迟。我母亲说，这事又不是依得人算计的，这是国家的政策，太违拗了，也怕是要不得。我爷爷剧烈咳嗽起来，费劲地往火塘里吐了好几口浓痰，然后叫我去给他抓背，从上到下地抓，爷爷说，对，就这里，就这里，你的小猫爪子真好使。

我读小学的地方离家五里，要过一条宽大的河流，整条河面上没有一座桥。夏天涨水的时候，平河满岸的浑水气势汹涌，冬天，河水有时就断流了。我最不喜欢过河水，精光了脚过河水的感觉让人害怕，水大的时候，那些细沙一溜儿地移动，脚拔得慢一点，仿佛就要把我小小的身体席卷进去。冬天，硌疼脚底的大小鹅卵石头一个个争相迎上来，冰冷的水让人直打哆嗦，一上了岸边，冷风袭来，裸露的地方像被细刀子割伤了一样。我的手上，脚上，一到冬天，就长满了冻疮和细裂子。

村子里有几个被婆婆周治[①]的媳妇，一聚在树荫下就骂家里那老不死的。其中有一个连生了两个女儿的婶子，她说，这个老不死的，她天天鼓捣她儿子打我，说我不会生养儿子，人家计划生育宣传说了，生儿子生姑娘决定权是在男人，女人就像是一块土地，男人是种子，你们说种下麦子它会出韭菜吗？树荫下就一窝窝的笑声。刚说话的婶子更来了劲，全家子给我一肚子的气受，逗发[②]我的鬼火[③]一绿[④]，我就去做了结扎手术，让他家趁早死了这条心。另几个婶子就你一嘴她一舌地掺和进来，“要不得，要不得”，“等躲过这一头风，还是生个儿子，将来养老有个指望”，“别的不说，这上山下河，使牛耙地的活路，就哪怕是人死了抬口棺材，上前的也是老伙子们呀”。

村子里那些儿子多的人家，在与邻里发生争执时，他们整齐上阵的父子兄弟，扎实地占尽了人多势众的好处，若要是动起手

① 周治：指修理收拾对方的意思。滇东北部地区方言。
② 逗发：指惹得的意思。滇东北部地区方言。
③ 鬼火：生气，发怒的意思。滇东北部地区方言。
④ 绿：高；因极度生气而脸色发青的样子。滇东北部地区方言。

来，人人都要畏惧着些。一席一席的话，说得好像这世界上最离不得的就是男人，最重要的就是男人。所以，村子里有许多女老人吃饭还一直坚持不上桌子，什么旧时的“三从四德”“三纲五常”，她们烂熟于心。我奶奶就曾经对我说过，“夫在从夫，夫死从子”。还说儿子是一点子，女儿才是半点子。这“一儿半女”的说法大概源于此。哦，对了，我奶奶还说，如果没有儿子，死了是不可以进祖坟的，说什么“有儿坟上飘白标，无儿坟上长青蒿”。我一直觉得祖坟是一个很神秘的地方，村子里的人不允许嫁出去的女儿回来给父母上坟，也不允许她们回娘家过年。

计生工作队又来过我家几次。终于，我母亲在交了一些罚款之后，还是去做了一个小手术。

风，猛烈地刮了好久，吹开了杏花，吹开了梨花，又一个春天来了。村子里的人对于要计划生育这件事已经表现得很淡然了。如果头胎、二胎就有儿有女的，爽快就响应了政策，生了两个儿子的人家，嘟哝几声也就去了。唯有生了两个女儿的人家，东躲西藏就盼着要个儿子。人们在互相安慰说，这房子就在村子里，人又不能像蜗牛一样顶着个壳出去，躲得了初一，也躲不了十五。听说村子里一夜之间出去躲了的那户人家，是投奔昆明的远房亲戚去了，可这样的亲戚也不是家家有得起的呀。

好几年后，那家人回到村子里。他们已经生养了两个儿子，看上去像村子里的有钱人家，他们高兴地做了结扎手术，又大方地交了数额不小的罚款。还开玩笑说，这两个儿子买贵了，并且把小儿子的小名儿叫作“小买狗”。这买来的小狗狗果真比村子里的“小土狗”们聪明伶俐多了。多年以后，这个叫小买狗的娃娃在外地承包工程，成了村子里第一个富裕起来的人，逢年过节，还记挂着给老人们买袋米，买桶油。村子里的老人偶然会回忆起当年的计划生育，夸赞小买狗的父母亲有本事，若是小买狗投胎在胆小的人家，早就被计划掉了。说这话时，一窝人笑得前仰后合，仿佛那些年的风声鹤唳到了今天就成了和风细雨。

3

我是个女儿身，从小我奶奶就教导我，一个女儿家家要嘴稳手稳脚稳，要早起晚睡，要脚勤手快。仿佛一个女儿家的哪里有个鞋歪脚踩[①]，就立即成为万恶之源。所以，我一直很努力，学会一切农活，好好读书识字，甚至还跟着奶奶学绣花。村子里从来没有听说过有一个女孩子是读书改变了命运的，就是男孩子也是没有的事。后来，我把这件不可能的事做成了，成了村子里第一个有铁饭碗的人。这是全家人的大喜事，也是全村人的高兴事。

① 鞋歪脚踩：比喻行为不正。滇东北部地区方言。

待我结婚的时候，我奶奶仿佛觉得我吃了国家的公粮就亏欠了自己一大截，跟我母亲说，你说这村子里家家可以生两个娃娃，这姑娘就允许生一个，万一生了姑娘，那可怎么办呀。我母亲说，听说城里的人更喜欢生姑娘，觉得姑娘懂事好带，长大又会有孝心。紧接着，她们婆媳就数着指头列举了她们所能听见的事，那些生了姑娘又有了大福气的人家。无论是城里还是乡下，都成为了她们说服自己的榜样。甚至还说到了我头上，说我做成了这村子里从来没有人做成过的一件大事，哪个还敢说生姑娘不如生儿子呢。我奶奶说，你看这些年头，村子里的大物小事，样样都要来这门头上挂累[①]这姑娘，偏生她就爱帮忙。我母亲说，你说前头臭皮匠家那点事，他家那个婆娘血滴滴[②]地逗人恨，就不该帮他家的忙，你说，这姑娘就是不听话。

村子里有件好玩的事情，就是男人通常都有绰号。都说逢缺别说缺，这算是一种修养。可偏偏在这村子里逆行了。臭皮匠是因为他有狐臭，找来的婆娘也有狐臭，他们经过的地方，就留下一大股难闻的气味。我二伯母说，太像死麻蛇的味道了。猪头三是因为他排行老三，智商有些问题，村子里的人就说他猪头猪脑的。

① 挂累：指连累，添负担的意思。滇东北部地区方言。

② 血滴滴：指恨一个人到极致，有滴水穿石的力量，换成滴血更加触目惊心。滇东北部地区方言。

老哑巴不会说话，瞎瞌子只有一只眼睛，歪三叔的脑袋从来没有正过，大毛头脑袋上那些头发永远都像一蓬乱葱。我父亲因为力气大吃得苦，被叫作老黄牛。有事没事聚在一起递根烟，喝盅茶时，都是叫着绰号的，且不大爱分长幼，说一句“少年叔侄当弟兄”就哈哈笑过了。一圈一圈的烟在叔伯兄弟之间打过来打过去，没有谁为自己的绰号生过气，残缺也像生活的一部分。

就在我母亲和我奶奶聊得开心的时候，住在坡底下的三叔跛着一条腿到了院子里，他在唱：“吃肉不如喝汤，养儿子不如养姑娘。”我母亲说，老跛三，你怕是捡着银子了，唱什么唱。三叔十六岁就与他母亲带来的童养媳圆了房，接二连三地生了六个娃娃，五个姑娘一个儿子，儿子偏生命不好，得了老母猪疯，一扯[①]起来人都变形了，有一次没人在家，扯在火塘里，活活烧死了。但三叔这些女儿很争气，一个个去了大城市里打工，都嫁在城里站稳了脚跟，家家过得光鲜水滑的。三叔家吃的喝的用的，哪一样不是这村子里最好的呀。村子里的婶娘们开刻薄玩笑时，就说，你看他家两口子收拾打扮得像俑哥俑姐。说的听的都笑了笑，知道表达的是哪层意思就对了。俑哥俑姐是村子里死了人时，道士扎在棺材前的两个花人，穿得花花绿绿俏生生的。村子里的人在

① 扯：抽风，发疯的意思。癫痫病在村子里叫老母猪疯，发病的时候，整个人都是抽搐成直的，像是被什么拉扯一样。滇东北部地区方言。

说人穿得好时，就爱这么形容。我也没见过哪个就不高兴了，仿佛生与死，都没有人害怕过。

在单位工作的人都是读了圣贤书的，大家都知道计划生育这档子事。有的小夫妻结婚好几年，还一直没计划要孩子。单位的女人们聚在一起，谈孩子谈爱人，谈得最多的还是生孩子。这个做了人流不好意思去请假，那个放了环不适应，哪一个又“中弹”了，哪一个又“躺枪”了。一个单位也像一个村子，发生的喜怒哀乐都抬在一起说说讲讲，然后彼此的难过与好过，就有了一个合理的去处。有一个姐姐，她说她数不清做过多少次人流了，以至于她害怕每一个夜晚的来临。带环受孕、宫外孕，样样她都经历过。在她身上，仿佛就从来没有安全期。有一年，她一共做了五次人流。后来，她的子宫已经薄得像一张纸，一触就要通了。医生警告她，如果要命，就不能再怀孕了。

我听她们讲这些惊心的往事时，对生育还没有一个感性的概念。在那些相对保守的年代，一个女孩子怎么敢轻易把自己的身体交给谁，还曾经很无知地以为拉拉手也会怀孕。我从她们的描述中去感知人流的痛苦、尖叫、无奈，并祈祷自己永远也不要经历。她们中甚至有人因为忍受不了疼痛，条件反射地一脚把医生踢出多远。没有麻醉的刮宫手术，心肝都疼掉了一地，有好几个人说她们从人流手术台上下来时，大热的天盖几床被卧都觉得浑身打战。那时候，我仿佛觉得整个身子都掉进了冬天的村前头那条大河水里。

我奶奶说，结婚就是小鸟才兴家，样样要从头开始。在身边的许多同事、同学都有父母支援买房子的钱时，我作为一个从大山里走出的村姑只能埋头工作、读书，不敢与人攀比。家里为供我读书已耗费很多，何况下面还有读书的弟弟妹妹们。在女同事们的眼里，我是一个不爱逛街的“怪物”，事实上，哪有女孩子不爱逛街的?

为了供养一套房子，我们节衣缩食，勤俭度日，时时掰着手指盼着还清银行贷款的日子。孩子在不期中来临，我又惊喜又害怕。我即将临盆的电话打到村里的时候，母亲正在地里除虫，父亲如一阵狂风刮到她面前，心急火燎地说，你姑娘要生了，你还不赶紧进城。母亲一溜烟地跑回家，把准备好的各种物件往篮子里送，然后就奔往河边等班车去了。父亲一路小跑跟在她后面，交代她要好生照顾我，别火暴脾气一上来就母女翻脸。这些年来，我与母亲之间，有些像两只刺猬，我们不断地用刺伤对方来寻找存在感。

疼痛一阵一阵地向我袭来，像是体内发生了八级地震，排山倒海地涌上来的疼，让我不知所措，我说，我要死了，我活不得了。医生一会儿来听胎心，一会儿来检查宫口开了几指，一会儿又说要挂催产素。我疼得无法忍受，苦苦哀求医生让我剖宫产，医生说，宫口都开了六指了，样样指标都好，你那么大的个子，能生下来的。我母亲说，生得下来的，一定生得下来的，你看看剖宫产的人，好多天了腰都还直不起来。你忍忍吧，想喊就喊出来。我的指甲深深地陷进吕先生的手臂里，他大声地叫喊起来，说我弄疼他了。仿佛他的疼痛，比我的还来得更猛烈一样。我已经连喊的力气都没有了，奄奄一息地躺在床上，任由一波又一波的疼痛把我扑倒。我想起了沙滩上那些死了的生物，被一波一波的海水淹没。我的身体、我的灵魂都不属于我了，我不是我，我是疼痛。

医生说我的宫口已经开全，要上产床的时候，我已经筋疲力尽了。我的羞耻、我的尊严，在白大褂面前，还不及一张草纸。医生说，用力，用力。我拼尽了全身的力气。我感觉到下身被某种器物剪开，辛辣尖锐的疼痛之后，像是立即就忘记了这种疼痛，因为更大更深的疼痛又一波波席卷过来。我觉得我就要死了，死神就站在我面前，他在向我招手，我看见他面带微笑。医生说，你可以大声地哭或是喊，可是我没有一点哭喊的力气了。她还说，你不要害羞，听我的，来，用力，再用些力。我使出了平生所有的力气，挣扎着直起一点点头，模糊中我看见了我高起的肚子，太像祖坟里那些隆起的土堆了。里面，住着我的孩子，我的希望呀，我不能睡去。

护士的双手使劲地按着我的肚子，医生说，用力，快用力，已经看得见头了。我大叫一声，把体内所有力量都集中到了肚子上。然后，我听见了婴儿响亮的啼哭声，带着些微略的沙哑。医生说，八斤三两的大胖小子，哪里像一个早产二十二天的娃娃，一定是你记错了时间。好吧，就当记错了。他到处好好生生[①]吗？医生说，健康得很。那一时刻，我所有的疼痛就像平静的海面那样，一切安定下来，万物寂静，我忽然就想睡了。迷糊中，我听见医生说，口子撕成这种样子，让我怎么缝呀！另一个说，你都不知道怎么缝，我们就更不知道了。天啊，发生什么了吗？医生有点责怪我的意思，说，让你使力的时候，用力太猛了。她拍拍我的手臂说，我们产科医生都喜欢你这样的优秀产妇，知道怎么使力，可以多生几个。

接下来缝针的时间就像过了几个世纪，每缝一针都要拉紧一下，像钉进心脏的疼痛，一下接着一下，我所有的累和困都被这种疼痛唤醒了，我睁着眼睛，看着窗外的夕阳射在玻璃窗前的绿叶上，影影绰绰。我每问一次，要好了吗？护士都回答说，还早呢。被煎熬的时间总是那么长，长得像是从鬼门关打了好多转儿，每一次回神，都是一种生不如死的战栗。那针，我感觉不是一枚针，而是许多许多枚，它们在我的伤口上来回地行走，每走一步都让我掉魂。我不知道听了多少遍“还早呢”，终于医生直起了身子，说，

① 好好生生：好好儿的。滇东北部方言。

好了。旁边的护士夸奖说，师傅缝得真漂亮。医生姓肖，是我一朋友的姐姐，我的一只脚一直抵在她的腰上，每疼一下就用力蹬一下，待她完成手术时，她对我说，妹呀，我的老腰都要断裂了。

肖医生一边擦着额头上的汗，露出大功告成的微笑，一边大声叫唤，来人。我家先生嘴巴笑成一朵大丽花蹿进产房，不知他哪来那么大力气，拦腰把我抱到推车里。全家人围着我笑，而我的嘴巴里一直在重复一句话：我要死了，我活不得了。他们说，不会死，会活得好好的。我被疼痛折磨得全然没了一点正常智商，一直没有追问医生缝针时为何没给我上麻药。到了后来，我甚至都害怕去回忆从生孩子到缝针这个过程，任何时刻想起皮肉都会掉落一地。我的大脑选择性地屏蔽了它们，我拒绝与任何人谈论这个可怕的过程。

一张狭窄的小床，放着我肥大的躯体，因为生产而肥大的躯体，连侧个身子都觉得困难。我以为躺上去，我就要昏睡百年，最好不要再醒来。是谁非要让女人生孩子？我真不知道村子里那些生了十来个孩子的女人，她们是如何让自己活下来的。我闭上眼睛，想睡去，可怎么也睡不着。我想起了刚从我身体里分离出来的小东西，我说，抱来让我看看。我的母亲小心地把他捧到我的眼前，一个多么丑陋的小东西呀，额头上有好几条小老头一样的皱纹，眼睛一只睁开一只闭着，懵懵懂懂地在半睡半醒之间，我不知道他是否看见了我。我成为妈妈了，成为这个小不点的妈妈了。可我一点也不兴奋，又一阵宫缩的疼痛袭来。我说，快抱过去，难看死了。我母亲说，哪个会有嫌弃自己生的娃娃难看的妈呀，你们看，多好看，胖嘟嘟的，粉团团的。全家人都在高兴，除了我，除了我的疼痛不高兴。

我母亲关注剖宫产妇女的腰，她没想到的是，我的半个臀部直到满月都落不下凳子来。蛋白线缝过的伤口上，一直疙疙瘩瘩的，像针线活不好的人做出的半成品。蛋白线不需要拆线，但吸收的过程有点漫长。很久了，我都觉得自己像一只被修补过的轮胎。看着怀里的新生儿一天一个模样，他像镇痛剂，可以暂时减轻我的疼痛。却也像催痛剂，在哺乳时，他吸痛了我的乳头，还不顾一切地吸个不停，那么小却那么有力。我终于明白了那一句话，使出吃奶的力气。我看见他拼尽了所有，只为了吃奶这件事情。

怀里的小东西要叫我妈妈，我觉得好别扭，怎么一个姑娘家家就成了别人的妈妈，他一啼哭，我母亲就说，快让妈妈给吃几口咪咪吧。好几天之后，我终于习惯我已是这个小东西的妈妈的事实。在疼痛慢慢减轻一些之后，我开始滋生出无边的母爱。只要他一出声，就是我全部的世界。先生说，在我说长得难看快抱过去时，他有点绝望的情绪，他一直在想如果我做不好一个妈妈，他要如何来喂养这个小东西。男人又如何得知母爱可以敌过一切的天性，他的想法被全家人嘲笑了很久。他总是在我怀抱着小东西哺乳的时候，露出幸福的笑。足够两个孩子吃的奶水，淌得一床一铺都是奶渍的印记，我说，我倒是帮你们家省了好大一头奶牛钱了哈。

有一次，我左边的乳房肿胀起来，连胳肢窝里都像灌进了乳汁，摸上去一个大疙瘩，旁边还有几个小疙瘩。疼得我连声音都叫不出来，小东西吸不完，吸奶器不起作用，我母亲想让吕先生帮我使劲地吸，吸通泰就好了。她说，她是挨过这种活计的，太疼。先生大概是离开母乳的时间长了，一边又产生些不好意思的情结，另一边也许是他不能体会我到底有多疼。但我的母亲知道，她看我龇牙咧嘴的样子，二话不说，就帮我吸了起来。她一口一口地一边吸一边吐，她说，奶水都是酸味了，直到吸出一些带血的乳汁来，胳肢窝里的疙瘩也一点一点软下去，我的疼痛才慢慢消失。先生咧着嘴在一边不好意思地笑，母亲说，你认不得她有多疼。他搓搓手说，妈，我认得，认得呢。我母亲说，你认得个鬼，你只认得生了儿子高兴。事实上，婆婆早逝，先生开明，我没有生儿子生女儿的任何心理负担，并且在心里我一直期待是个女儿，我可以把她取名叫“胜男”，设想她会为一个弱势的性别做出些不一样的努力。

在母亲照顾我的一个多月里，我忽然明白了“养儿才知父母恩”

这句话的含意，对母亲更加了几层敬重。这一路走来，亏欠母亲太多了，我总是忙着刷存在感，仗着我给她带来的荣誉感，态度极不友善地对她。她像从来不把这些当回事，样样对我尽心尽力，好话歹话说完说尽。我不知道当年为了省几块钱冒险在家倒生下我的母亲，究竟是否有过恐惧，她轻描淡写地说，她坚信自己没做过坏了良心的事，老天一定不会乱惩罚人的。我奶奶在看见我的一只脚先伸出来的时候，一定是吓得面如土色，好在，我一只手抱着头，另一只手抱着肚子，顺利地来到人间。我与母亲的对立从她怀我，到我长大，一刻也没有消停过，这让我的父亲很头疼。好在，我有了自己的孩子后，这些倒着生长的汗毛，一根根顺当了下来。

我问母亲，她当年生了几个女儿，我父亲嫌弃过她吗？嫌弃过我是女儿吗？母亲说，儿呀，要怨只怨日子苦，你说这自家身上掉下来的肉，是男是女，有吃有穿的年代，哪个又会嫌弃？她还说，我是第一个孩子，家里的人都把我宠得无法无天了，就连我爷爷都是有好吃好玩的，样样尽着我，我父亲就是连生几个女儿都没说过一句什么。我害怕自己被人嫌弃的心，在母亲平常的讲述里，像是得到了某种安慰。原来，家里的人没有因为我是女儿就嫌弃，甚至我是受宠的，这让我增加了许多爱与被爱的底气。月子里，除了身上渐渐减轻的疼痛，就是家人无尽的关爱。每当我醒来的时候，我母亲和先生在讲我小时候的糗事，我总是装作生气地说，你们又在讲我的坏话，然后就假装生气，不吃鸡蛋。为了让我多吃一个鸡蛋，他们俩想着法子让我开心。

小东西壮得像一个小肉墩，多抱一会儿就有些坠手了。他吃奶的力气有些吓人，我的两个乳头都被吸破了，血和乳汁喂养着他一天天长大。坐月子的讲究太多，我母亲不顾天气火热，不准我露出脚、露出手臂，不准我洗澡，不准我吃水果，不准我看电视……不准我这样，不准我那样，让我像一个幸福的犯人那样，被他们管制。但凡我想要做的每一件不被她允许的事情，她都能列举出一大堆案例，我真不知道我们村子里怎么会诞生那么多稀奇古怪的事情，我更不知道我母亲是如何就掌握了它们，在必要时如数家珍地搬来教育我。

月子里的疼痛渐渐隐去之后，我成了一个手忙脚乱的妈妈，在母亲每一次离开时，都毫无安全感，我害怕小肉团一张开嘴巴就停不下来。有母亲在，母亲知道他是饿了，还是肚子不舒服了，还是胳肢窝里的小寒疼[①]了。有一个夜晚，母亲回家去了，他哭啊哭，不吃，不睡，背也不行，抱也不行，硬是折腾了半夜才安稳下来。

陪伴一个孩子长大的过程是艰辛的，有趣的，当看着他少年

① 小寒是身体着凉时的方言表达，在宣威地区通常认为小婴儿着凉会导致腋窝下疼痛。

英姿，阳光清朗地向我奔来时，我忘记一切疲惫和劳累。我的记忆里选择性地保留了他成长的一切快乐时光，并在适当的时候与他分享。当我问他世界上最贵的房子在哪里时，他创造性地回答，世界上最贵的房子是妈妈的子宫。我激动得像有好几只小猫在心脏里蹦跳着玩，仿佛为他所经历的所有苦和疼都有了最幸福的注脚。

在这期间，计划生育像是被忽略了的一件事，生男生女之后，大家都很平静。也有一些不平静的人，想尽各种方法钻了政策的空子，把大的孩子弄成计生政策规定范围内的有缺陷的一类，顺利拿到生二胎的准生证。然而，小城里也大多是些祖祖辈辈的良民顺民，没有太多的人去钻营。而我，永远也接受不了这样的作假，一个好生生的孩子，怎么要说成是有毛病的呢。按我奶奶教给我的道理，这世间不仅有人眼，还有天眼，别说谎言，别做恶事，才会有善报。这面向自己所说的谎言，而且是朝坏的方向的谎言，未免也太狠心了，我害怕它们会变成自己的咒语。所以，我从来没有这么想过，我一粥一饭喂养大的孩子，他应该是健康明媚的，从外表到心灵都是。

街道上的广告牌子上那些年明摆摆写着的人流广告，也悄无声息地换了下来，换成治疗不孕不育的广告。我的孩子在刚认识“人流”两个字的时候，曾指着大牌子问我这是什么意思，我回答不上来。但他却记下了，在又一次见到时，他告诉我，妈妈，“人流”就是人流如织的意思。小小的童言里竟是有某种玄机，是呀，人流如织，到了如今，人流被漠视了，处处都是如织的人群。人流也成了常态，再不用被提醒。治疗不孕不育之症又成了新潮，不孕不育成了一家人的新烦恼。我不知道有没有人统计过这些数据，但看身边这些年不断流转的风风水水，总是看出了一些端倪。

当我回娘家看见村子里那些日渐老去的婶娘伯母，她们扫去了年轻时的戾气，咒骂婆婆的，婆婆们也都死了，与丈夫不合的，如今也凑合了，她们慈眉善目地长在村子里，像村子里一棵棵生长久远的果树。生了几个儿子的女人们，往往要看儿媳妇们的脸色行事，倒是生了几个女儿的，被这家接去，被那家接去，一年到头享福的日子过不尽。生儿生女这件事终于不再有人当成什么大事，她们甚至还达成了一个共同的意见:不管生儿子还是生姑娘，都要有本事才算数。为了这个说法，还增添了一个新谚语：会养嘛养一条，不会养嘛养一槽。

4

日子像流水一样淌过，我手里的苦荞粑粑每一次都有蜜糖可蘸了，不是蜂蜜就是炼乳，我可以奢侈地蘸很多，让大规模的甜在舌尖上覆盖了苦。许多餐馆里，都有了这道忆苦思甜的面食，从那些年的被动吃它，到如今去主动靠近它，就像怀念一个已逝的故人。故人死于砒霜,我奶奶说那是神在召唤他。逝去的苦与甜，都变成了一种精神长相，悲悲欢欢地洒在前行的路上。不管是梧桐细雨的冷凉秋意，还是十里春风后的灼灼桃花，生活不会因为某个个体而有所停顿。每一个人都像一片树叶,从来没有完全相同，但总是有太多的相似。孩子要长大，老人要老去，人人都在生生死死中过了一年又一年。

又一个新年在不期中降临时，国家又有了新的举措，允许公职人员生育二孩。我摸摸自己四十好几岁的年龄，一点也高兴不起来，而身边一大票四十多岁的女人已经在欢欣地备孕了。一时之间，妇产科里像集市一样热闹，先是取环热。那一根保险丝，带上它让女人减少了许多罪孽。后来是孕检热，生产热。我蠢蠢欲动的心思在先生的态度里摇摆不定，一会儿我打败了他，过一会儿他又说服了我。后来，他坚决地说不生了，打着为我身体着想的招牌，以顽强的气势压倒我。

我常常在看见人家抱着花儿一样的女婴时充满幻想，并且我已经有了好几个干女儿，她们像露珠一样晶莹剔透。但似乎这些都还不能满足我想要一个女儿的愿望。在某个深夜，我在电脑前洋洋洒洒地写下过一篇想要一个女儿的文字，那是一种开在臆想深处的花朵，我的想象随着夏日的清风飞扬，沉醉。

这些年，眼巴巴地看着身边的许多女人经历了带环受孕、宫外孕、多次人流等痛苦，好像这些都不足以磨灭她们还想要一个孩子的愿望。无论是去超市还是在街道上，随处可见不太年轻的孕妇，竟是让人产生一种“满城尽是大肚子”的错觉。看着她们的身影，我就像是一个有了心结的人，巴巴地羡慕着人家隆起的肚子。生产孩子时那种无法忍受的疼痛，像是早已被我丢到了九霄云外，只剩下对新生命的欢喜和热爱。恨这一天来得太晚，要在我衰老的子宫已不能承担一个新生命的孕育时来临。但在某一次梦里，我像是得到某种神灵的启示，有一个小女孩来到我梦里，给我欢欣，令我迷恋，我拥抱着她，就像抱着一块温温润润的美玉，她芳香的小身体在我怀抱里蹭，顿时，我所有的母爱泛滥成灾。

我不断尝试着与先生商量二孩的事，他的头摇得让我看不清他的脸。他说，你应该准备好足够的精力去迎接你的孙子，而不是到了六十岁还在为年少的孩子四处奔波，这不符合自然规律。他从优生优育讲到人生价值的实现，冷静得像一盘古老的石磨。为生与不生的问题，我们又冷战和论争了很久。

身边的女人们很诧异，认为生育这件事情应该由女人来主导，而不是一个男人。也许是因为她们没有与一个理性得可怕的人生活过，不知道什么叫“防患”和“防范”。这许多年来，一个没放环的女人的身体居然可以做到安然无恙，这已经是一种奇迹。为此，我要感谢我的先生，感谢他记得我身上的月事，记得时时爱惜我的身体。我曾做过保守的估计，身边的育龄妇女们，无论是放环还是不放环的，一百个人中最多只有一个人没有做过人流，而我就是幸运的百分之一。

这期间，许多人怀孕了，许多人流产了，也有许多新生命降临了。医院，永远像一个热闹的生死场。有人在这里新生，有人在这里死亡，永不停歇的生死让人在希望与绝望之间穿行不息。

一些欢喜注定是要落空的。医院里有百分之三十的高龄产妇因各种原因必须终止妊娠，产科医生们忙得四脚着地，寝食不安，学校里生产二孩的女教师很多，在代课老师之外，连校长的课程都排得满满的。在一个小县城里，常常听见为了二孩而戒烟戒酒，努力搞生产的中年男人女人们。有的人自己不想生二孩，但家里的父母逼迫着生产。老一辈的人动辄就搬出毛主席的话来，毛主席说了，只要有人在，什么困难都能克服。重点是要有人。为了有人，就必须抓紧时间造人。

造人工程是巨大的，如今科技进步了，人工受孕失败，还可以试管婴儿。为了一个二孩，倾其家底的大有人在，仿佛他们生活的目标就是为了响应一次国家的政策。

有一些人家，多种原因导致他们不能有一个自己的孩子，就想去抱养一个婴儿。可如今连抱养一个婴儿都成为困难的事了，我想起了那些年被丢弃了的婴儿，要是降生在如今该是有多好呀。母亲说过的话又在耳边回响，在有吃有穿的年代，有哪个舍得丢了自己身上掉下来的肉呀。

好不容易有抱养得来的婴儿，大凡都是因为产妇有难言之隐或是意外之痛。曾有一个姑娘怀孕快生了，却被男友狠心抛弃，姑娘寻死觅活，被人劝导说孩子生下来送了人。河边路边，又哪里还见得到一个弃婴呢。即使有，也多半是有残疾的孩子。

微信朋友圈里随时可见新生的欢喜，今天有谁家生了双胞胎，明天又有谁家中年得贵子。其中有一个高龄产妇,已经四十九岁了，生下一个九斤的儿子，全家上下欢欣鼓舞，就像这一个孩子在未来会成为他们家的救世主一样。另一些令人担忧的消息也不断传来，有一个高龄产妇在生产中因为羊水栓塞导致胎儿死亡，产妇成为植物人，为了维持生命，需要高额的医疗费用，家庭的自给已经无法了，向社会求助。一时之间，这件事情成了小城中的大新闻。

然而，这些都不影响前赴后继想要生一个孩子的男人和女人们,每一个人都认为那么倒霉的事情不会降临到自己头上。事实上，概率这种事情在医学上显得很苍白，不管概率有多低，轮到某个人的头上时，都一定是百分百的。幸与不幸，由谁主宰，这一直是神的事。

生活总是这样，在几家欢喜几家愁中，一天又一天地向前走着。那些从生活中传递而来的坏消息就常常成为先生消灭我的念头时的有力证据。先生说，我最不想面临的事情就是，医生来问我，要保大人还是保孩子。我说，你有的选择吗？当然应该保大人。他说，依了你的性子，待你醒来看不见孩子时，我就知道你要跟我拼命了。在说这些的时候，我的上中学的孩子一直站在他父亲一边，从他小时候特别想要一个弟弟妹妹，见了邻居家的婴儿就想抱回去，到如今坚决不同意我们再要一个孩子。仿佛还是昨天与今天，他就长成小大人，需要自己的空间和主见了。他总是说，妈妈，我担心你的身体。我说，等有一天我不在了，你在这个世界还有一个最亲的亲人。他父亲接过话头说，你都无法知道，这是一个亲人还是一个仇人，兄弟反目、姐妹成仇的例子还少吗？

一些人离婚了，离婚的原因是妻子不愿意生二孩，或者是妻子已经生不出二孩了，这些荒诞的事情，它们就发生在我的身边。尤其是那些有着封建思想，第一胎生了女儿的男人，一项新政策的施行给他们带来了新的希望，他们按下许多年的心思又被点燃了。所以，他们蠢蠢欲动，他们暗度陈仓，他们跃跃欲试。

我清晰地看见一张张曾经温情的脸，后来变成了冷漠的路人。因为他们的身边立即就有了年轻女人的身影，一个中年的男人，积累了一些身家，还笼罩着一身被妻子影响和打造过的气质，对一些想不劳而获的年轻女人，确实会有一定的吸引力。从他们毫不费力地挽着年轻女人的手臂来看，钱就是万年不废的帮凶。那些个做得他们女儿的女人成了他们的妻子，老夫少妻，看上去幸福融融令人扎心。感情，仿佛是一张廉价的纸，被风一吹就飘走了。

我常常会这样想，也许国家的政策是对育龄中的八〇后一代人准备的，却不料被赶上末班车的七〇后们蜂拥而上，甚至对家庭的稳定带来了不小的冲击。在大城市里，人人都为了提高生活的品质而努力，生二孩这件事情似乎是轻描淡写的。而离土地最近的县城和乡村里，思想的重心已经转移到了生产任务上来。人与人之间的问候方式都变了，从“你吃了吗？”变成“你要生吗？”。

我留意到一些新的宣传标语，横幅上，墙壁上，电子屏幕上写着“实施全面两孩政策，促进人口均衡发展”“国家政策真正好，一家准生两个宝”。与那些年在乡村随处可见的计生标语大相径庭。

一项新政的施行，总是伴随着各种声音，有人成为受益者欢天喜地，也会有人成为受害者呼天抢地。这是哲学的命题，也是必须面对的生活命题。生与不生，就像悬在心口上的一块石头，被自己和别人用心地掂量。我回到村子里的时候，婶娘伯母们都不约而同地做我的工作，就连我的母亲也跟着掺和起来，她一向腿疼的毛病在她想要抱一个孩子的愿望面前变得无关紧要。为了鼓励我们生二孩，她扬言说，谁家先生产了，她就帮谁家带。一家子的育龄妇女，听见母亲这话时，有了妈不够用的感觉。

事实上，母亲的这个举措除了让我心动不已之外，并没有对其他人产生影响，她们都生活在大城市里，奔波于生活已让她们苦不堪言，对于再要一个孩子的愿望从未强烈过。尽管她们头胎都是女儿，也没让她们想要一个儿子的念头占过上风。但我母亲是有希望的，我在她与人对话的口气中听出来了。在村子里的婶娘们忙着去抱孙子时，我母亲的小心肝就被人戳了一下。她背地里说，谁家没个孙子，外孙子也是孙子。转过身去，我母亲就对我的孩子笑话说，外孙是外狗，吃了往外走。

村子里这些年已经多出了许多光棍，随手一盘点，三十岁至四十岁之间没找到媳妇的大小伙子们都足足有两桌人了。婶娘伯母们为这个事急白了眉头，处处张罗着托人找对象，可这上村下铺的姑娘又会有谁是在家里待着闲着的呢。如果不出去打工，根本无法找到一个合适的姑娘。即使从外地找回来的媳妇，也不一定就扎根得下这村子。离婚这种事早已不是什么新奇事了，更有那些不领结婚证，三年五载通过微信或是什么又有了新欢，丢下幼小的孩子一个抖趟[①]就跑了的。

① 一个抖趟：形容一个人跑得快，干净利落，一会儿就无影无踪了。滇东北部地区方言。

5

生活中不同的际遇就像一双双无形的手，推赶着每一个人走向不同的地方。

谈论二孩的话题渐渐淡了下来，人们以为这项政策带来的结果必定是人口暴增，就像七十年代后期那样出现空前的出生率。事实上，各种渠道的数据显示，并没有预期的效果。于是，街头巷尾及各路专家又发出了各种声音。

一个生了两个儿子的朋友，听说要放开三孩政策，更有要全面放开计生传闻时，喜形于色的小脸在灯光下熠熠生辉，一副生不出女儿誓不罢休的样子。与多年前，村子里那些生不出儿子就誓不罢休的女人，形成多么鲜明的对比呀。在每一个人的心里都有一种贪婪，对于自己所缺少的东西永远充满了向往。有了儿子的，想要女儿；有了女儿的，想要儿子。

其中一些人如愿以偿了，在他们不太衰老的脸上洋溢着幸福的满足感。尤其是一些因为年轻时贪玩或是工作繁忙疏忽了对第一个孩子的陪伴的父亲，像是要对从前的遗憾做一种丰厚的补偿，收了身心拼命地把爱倾注在新生儿的身上。仿佛人生在某种程度上是一种有回程的旅行，无论是得到还是失去，都能找到一种可以弥补的药方。生了女儿的，像是抱着前世的情人，心心念念的欢乐都寄托在怀抱里。生了儿子的，中年得子的莫大欣慰占据了他们生命的全部。

生活处处可见欢喜，亦到处都有漏洞。不时传来的消息中，一些让人开心，一些令人揪心。接二连三，小城里因为生二胎死亡的产妇已经有好几例，其中有三个还一直是植物人，躺在医院里生死未卜。总有一些选择会让人懊悔终生，当一场场期盼中的喜剧以悲剧收场时，留下无数种苦难在人间。人们开启幸福的模式在于，每一个都坚定地相信，许多悲剧与自己无关。

当我四十五岁的表姐传来怀孕的消息时，为她高兴的同时，亦为她的安危担心。生产的原因是封建残余的一部分思想仍在作怪，为了高龄的婆婆心中存念的一点香火的延续观念，兄弟几家生的都是女儿，婆婆认为他们的姓氏里应该有一个男丁来继承。被七大姑八大姨们说服之后，拥有硕士学历的她大义凛然地站在家族的利益之上，听上去像是豪门的夙愿。她说在她所有的同学里，她是绝对的异类，她那些生活在大城市的女同学都说她疯了，男同学都在夸赞她多么勇敢。许多男人之所以对二孩政策表现得足够积极，是因为生孩子、养孩子的过程，他们只是个参与者，甚至有些人一直是旁观者。

整个孕期里，表姐被身体的各种不适所折磨，每当她在朋友圈发一段生不如死的牢骚时，就有大拨的争论跟在后面。每一次她都在奉劝高龄的女人决不要步她的后尘，她最好的女同学一再劝她多为将来考虑，还开玩笑说她好好一个可以留在大上海工作的姑娘，偏偏要回来当一回生育工具。她在每次说完痛苦之时，像是痛苦就得到了某种有效的缓解。全家人小心得就像捧着一个价值连城的水晶球，不敢让她在小城的医院里做产检，说要杜绝任何一丝失误。她的婆婆天天烧香拜佛，期望能在古稀之年再圆一个梦想。

有时，大家在一起谈论二孩政策时会做一些设想，假如计划生育政策里规定产妇的年龄在多少岁以上就必须禁止，也许就能减少许多悲剧的发生。可又要有多少人痛哭政策的不公，众口难调的人间呀，有哪一双手能抚平所有沟壑，有哪一碗水能端平人心公道呢。更何况人心关于公平的评判里总是无法剔除利己主义的选择方向。发展的大计，百年的大计，这是多么浩大而艰难的工程呀，从吃不饱肚子到如今物质与精神的双重丰足，从“东亚病夫”到如今的巍然屹立，有多少人在为了这个国家的富强文明而呕心沥血。在小家与大家之间，应该唤醒的又岂止是生生死死，还应该有觉醒后的知与行。

表姐终于要生产了，为计算孩子出生的日子，全家人折腾了无数次。这个大师说要这样，那个大师说要那样。好不容易敲定的日子，比预产期足足提前了三周。表姐说，赶紧剖开抱出来吧，一天比一天更难熬，双脚已经肿得连鞋子都无法穿了。医生说时间提前太多了，对胎儿会有一定的影响，建议往后。

她婆婆说梦见观音老母从画像上下来，手里拉着一个小男孩，说是给他们家的。他们全家都坚定地相信表姐怀的是一个男孩。剖宫产前的 B 超检查时，表姐忍不住问了胎儿的性别。当人家告诉她是个女儿时，她的眼泪急急地淌了下来，仿佛一整个孕期的精神支柱一下就倒下了一半。她的伤心吓坏了全家人，就连她婆婆都收起一切封建思想，说了一大通生女儿有福气的良方暖语。手术麻醉前，她一再嘱咐表姐夫，万一她有个三长两短，一定要带好她的女儿们。

表姐在全家人算好的时辰里，诞下八斤女婴，母女平安。全家人没有想象中的高兴，也没有表现出一丝难过。生活中的小失望，往往不足以影响人们对幸福的追求。一天一个模样的小东西，让人爱不释手，就连在孕期里一再与表姐怄气，不支持她生二胎的大女儿，也对新生的妹妹表现出了极大的热情。但她总是在别人夸妹妹漂亮时，有些轻微的不高兴，并且一再在父母面前做出一些举动，求证是不是有了小妹妹，她就变得不重要了。

另一个朋友有近六个月的身孕了，一些检查指标显示，胎儿可能有缺陷，她需要去更好的医院复查。辗转于各家医院，寄希望于某种误诊。可几家医院的诊断结果都建议她引产，即使她有一万种舍不得，也不得不选择痛苦的手术。之后，她开始失眠，一整个一整个的夜晚睡不着。只要一闭上眼睛，那个孩子就在她的眼前，一会儿是男孩，一会儿是女孩，哭着吵着要她抱，但才一伸手，就不见了。她开始嫌弃自己，嫌弃自己态度不够坚定，为什么不留住他？医生的诊断也不可能百分之百的准确啊。她拒绝任何人去探望，觉得自己与世界像是隔着一堵高墙。每当夜晚来临，一见到床，就像见到了鬼魂一样。

医生说，她得了产后抑郁症。她的先生说，她也偶尔会有高兴的时候，只是高兴几分钟后，情绪就完全沮丧起来，还常常抱怨、指责家里的人，仿佛所有人都与她有仇一样。医生说，这些恰恰是这种病的正常反应，开了一些药物，又嘱咐她的家人要让她时时感受到关心和温暖，注意她的情绪。

她拒绝吃那些药物，她说我没有病，是你们病了。家人只好把药悄悄放在红糖水里，哄她吃下去。她常常躺在床上不停地流泪，谁来劝她，她会哭得更厉害。如果没人劝，她又会觉得没人爱自己而伤心得抽泣不已。

她的儿子已经十四岁了，她是多么希望自己能生一个女儿呀。自从知道怀孕的那一刻起，她就美美地设想，会有一个温软、明亮的女儿。她看着她读诗，奔跑，写字，唱歌，弹琴。她会长着爸爸的大眼睛、妈妈的大长腿，她会有浓密的头发、长长的手指、高高的鼻梁、有型的小嘴巴。她会成为另一个自己，被改良过无数回的自己。

她常常梦见各种各样的花，兰花、石榴花、桂花、荷花，据说这是生女儿的胎梦。即使是每天若干次的呕吐，对她来说，似乎也是一种幸福的存在。因为她知道，她怀里的小东西在告诉她，妈妈，我在这里。

她躺在冰冷的手术台上，时针指向下午两点四十五，如果她死了，就是死于这个万恶的时间。麻醉让她失去知觉，没有一丝传说中的疼痛，醒来时，手术刚完，她请求医生让她看看他。医生说，别看了，看了你一辈子都忘记不了。在她的强烈坚持下，医生把那个已经基本发育成形的胎儿在她面前一闪，说，就看一眼，本来一眼都不能看的。她的眼前一黑，仿佛世界就此与她决裂了。

在很长一段时间里，她不能从悲伤中走出。仿佛整个世界都是她的仇人，而她已经不配独自活下去了，她常常觉得自己就是一个凶手，一个杀了自己的孩子的凶手。关上门，闭上心眼，她不想见到任何人。在许多个无眠的深夜，雨滴声、风声、汽车的喇叭声、火车的汽笛声，它们都鲜活地进入她的耳朵里。

中学女同学来电时，我正在跟她聊天，我尝试着帮她卸载一些精神负荷，让她与自己和世界达成某种和解，回归到一种平常心的生活状态。我才开口问一句，你还好吗？女同学就哽咽着说不下去了。那段我一度艳羡的婚姻亮起了红灯，他们从上中学时老师禁止恋爱中偷于花前月下，到最终修成正果，二十五年的时光，我以为会是一生一世与子偕老的长情陪伴。二胎，又是二胎，如今她身体不够强硬，“三高”症状向她袭来的时候，她不能为他生育二胎了，他提出了离婚。而她生头胎时，差点连命都不保了。

看着这些血泪斑斑的生活真相，我强烈地升腾起一种念头：如果有来世，我真不想做一个人，更不想做一个女人，我只想当一棵树，长在深山老林里，从来不被谁看见，只与雾霭、虹霓一起同呼吸共命运。我伸手数了数自己四十好几的年龄，再摸一摸身边这些女人关于生育的悲喜交加的日子。完全没有了年轻时想要一切就勇往直前的气势，我终是成了被平淡的日子驯服的说客。

又接到另一个朋友的电话，她生了，如愿地生了一个大胖小子，在有了女儿又过了十六年后，她生下了一个儿子。电话里，我仿佛能看到她眉毛与脸色一起飞舞的样子，真心为她祝福和高兴。我说，恭喜，你有儿有女的幸福生活开启了。她说，亲爱的，苦荞粑粑才动边呀。之前她为了生这个二孩，流产了两次后去检查，才知道是男人的支原体感染导致胚胎停育，第三次怀上，早孕反应十分严重，几乎完全是靠输营养液来维持生命。女人们为了拼一个自己或是别人想要的梦，总是母性大发，愿意耗尽一切心血。

于生活而言，个人的悲苦总是微不足道。外面的世界依旧热闹非凡，生老病死每天都在发生。一些女人抱着独身主义，一些女人结了婚也坚决不肯生育，生活总是有多种存在的模式。在离土地很近的地方，人们的观念还在传统的圈子里打转儿，被冲击，被撕开。但选择走在绝大多数人所行走的正常轨道上，依然是人们对普通幸福的一种盼望。

对于一条宽广的河流，每一滴水都是渺小的。但也只有一滴水挨着一滴水的汇集，才有了溪流，有了江河，有了大海。每一个人的心里都会有不同的活法，但并非所有选择都能遵从自己内心的召唤。难道世间事，除了生死，其他都只是小事？一句“顺其自然”的轻描，就涵盖了所有的幸与不幸，有时是荒谬的，有时又觉得那么妥当。人人都在矛盾中营造自己对生活的认同或是无奈。

那个夜晚，我做了一个梦，我梦见村子后面的山坡上开满了苦荞花，那些细碎的小花朵，一会儿变成星星，一会儿变成婴儿的眼睛。风一吹过，它们摇晃着，奔跑着，我伸出手去拥抱它们，它们变成了一张张小脸。在有风、有雾、有露珠的山岗上，我看不清它们是在看着我笑，还是在对着我掉泪。

又是清明，与往年一样，去给此生从未谋面的婆婆扫墓，去父亲的墓前轻语。许多淡忘的悲伤，已经成了一种形式上的怀念。每一个家庭都在不期中遇见死亡，淡忘死亡。墓地里长出许多龙爪菜，它们生机盎然地爬出泥土。抹去悲伤的人们，争相采摘。面对一堆堆黄土，这边是高祖父，那边是高祖母，高高隆起的地方是他们死去之后的归宿，这里长眠着的都是我血肉相连的亲人。我忽然明白，世间万物，无非是从此地到达彼地。万物向死而生，慈悲为土，又长万物。在疼痛、欢笑里，迎接新生命的到来。在唢呐声、眼泪中，送走一个人的一生。中间的长度，被赋予各种意义，也可能是毫无意义。生生死死，死死生生。了了悟悟，悟悟了了。

这一路上来来往往中，所见所闻皆成为一段历史。从何而来，该往何处，像是一种未知的归宿。作为女人，生育是一生中的重大课题。翻开我所能看见的几代人的生育史，就是一部血泪史，只有女人才深知其中的痛苦。于我，更多的是一种幸运，但太多的不幸不会因为我没有经历，它就不存在。它就在我的周围，横横竖竖地堆满一地，谁踩上它，它就粘上谁。何去何从的生命，该在哪里觉醒，又在哪里顿悟？这也许是女人们值得花一生时间来思索的大命题。

生生之木

1

过了这一排高大的朴树，再过一排婆娑的杨柳，就是我家的地盘。阳光穿过新绿的树叶，照耀在大地上，布谷鸟正催农人忙点种。老耕牛们在里里发发[①]的喊声中来回忙碌，翻新过的土地像新鲜的日子。还没看见母亲的影子，就听见她的声音了。听上去她是在跟人吵架。

---

① 里里发发：使牛时的口令。里里，向左；发发，向右。

她拿着一根长长的竹竿子，正在恶搅板栗树上的一个鸟窝。树枝和松毛纷纷往下落，她一边搅一边咒骂，骂这些豺狗豹子都拿不着吃的雀神怪鸟。转瞬间，一个精心搭建的安乐窝迅速就被母亲摧毁了。四平村的人对不知道的鸟，在调侃和生气时就把它们统称为雀神怪鸟。闲常白下[①]，也就按直观感受，随口叫什么便是什么了，就像他们叫这种鸟为大花雀。

母亲说，她才种下的苞谷，第二天就被大花雀刨出来吃了。又种，还是这样。真是忙不赢早起的鸟雀啊。没有了窝，看它们可还有闲心来这里捣乱。一会儿，飞来两只黑白相间的大鸟。母亲说，快看，大花雀来了。它们跳跳跃跃地在枝头上张望，找寻着它们的家园，长长的黑尾巴比绅士们的燕尾服还好看。接着，我听见吓了我一跳的声音。那一句著名的国骂从两只鸟的嘴巴里一串串地吐出，重重地敲击着我魔幻的听觉。

这种鸟会骂人的事我之前就听婶娘们说过，她们会在某人讲话难听时说一句，你咋个比大花雀讲得还难听呀。小时候，我们听到的鸟叫声，不外是从柿子树、梧桐树、沙泡树上传来的“清明酒醉”“民心向背”“桃唤桃唤”“熊柱英熊柱英”的声音，从没见到过一只会骂人的鸟。村子里娶来的新媳妇恰好叫熊柱英，鸟

① 闲常白下：指休息时坐在一起说话的光景。滇东北部地区方言。

一叫她的名字，一村子都喜气洋洋。后来，村子里又有了个叫桃唤的姑娘，一听到鸟的叫声，她就大笑着跑出门去答应。母亲说，都不知道这怪鸟是哪年来的。第一次听见时，村子里的人觉得很新鲜，男人坏笑，女人害羞，孩子们惊奇地向树上探寻着。为了避免这种尴尬，男人和女人们都不约而同地把注意力转到呵斥孩子们的声音上去。

两只大花雀还在骂，声嘶力竭地骂。失去家园的人和鸟，他们都有理由痛快地骂。骂完，各自还要建设新的家园去。我仔细地查验着那个窝，树枝搭成的框架、松毛装饰的里层，这便是鸟的家，它们想在此繁衍生息，没想到遇上了坏人、敌人。鸟的窝巢与我的先祖们初来此地时，用木头和树枝搭建的窝棚没什么两样，都是为了躲避风雨，为了延绵不绝的希望。他们从窝棚到木屋，再到如今钢筋水泥的房子，从追求温暖实用到赏心悦目，多少代人的辛酸都埋葬进一堆堆黄土里，留给子孙们蓬勃的愿景。

叫骂了好一气的鸟大概是累了，它们飞去另外的地方寻找新的有枝可依的大树。为了生活，人类与鸟一样，就地取材，安身立命。只有当衣食无忧时，“享受”这样的词语才开始入村入户。山沟旁边种植的茶树，是我爷爷的奢侈品。每年春天，他采茶，制茶。炕茶叶[1]的香味里有一种安神补脑的气息，它们安抚着我爷爷的嗓子，安抚着一个个搪瓷杯里的热闹夜晚。火塘里的炭火烧得旺旺的，粗陶茶罐在火上冒着热气，煤油灯下来摆白[2]的人就陆续进门了。我听见过母亲向爷爷抱怨说茶叶吃不消，得去街上买一些牛皮纸包装的茶叶回来。像是经过精细加工的茶叶，比我爷爷自己粗加工的茶叶更好喝。后来，那些茶树就悄无声息地被遗弃了。

老屋子的柱子很粗壮，它们威严地撑起了一排房子，房子里安居着爷爷的兄弟们。我曾在一段时间对这些柱子产生了强烈的好奇，一个小女孩看着陡峭的山崖，想象那些高大的松树如何成为房子的一部分。我爷爷的咳嗽一声赶一声，我奶奶说，这齁痨气喘的病还不都是这些从山上抬下来的大柱子压出来的。我去山上背柴时，对着一棵又一棵高大的松树左看右看，很想知道哪一棵能成为谁家新房子的顶梁柱子。

有一年，听说伯父家要盖房子了，别提我们有多高兴。他整天忙忙碌碌，我们也跟着嘻嘻哈哈。起初是对他手里的工具感兴趣，斧子、锯子、弯刀、凿子、推刨，各种不同的使用方法。长锯短锯，

---

① 炕茶叶：是云南东北部地区的一种喝茶的习俗，将茶叶放入陶罐中，用火烘出香味，然后加入热水冲煮。

② 摆白：云南东北部地区农村里的土语，有摆龙门阵、吹牛、侃大山、聊天的意思。白，则有扯白、夸张、离奇的意思。

声声慢慢，那些木头就神奇地变成了各种花样。当我的左手不小心被锋利的锯齿拉破后，我就对锯子保持了特别的警惕，但我的哥哥和弟弟们经常淘气而笨拙地背着伯父鼓捣锯子。最令我喜欢的是伯父用推刨刨下来的刨花，还有那些各种形状的边角料子，我们用来扮家家、盖房子、做狗窝、搭鸡圈，每天都玩得不亦乐乎。

一大堆刨花，除了当燃火材料，就是我们的乐园。这不，我三哥刚从一堆刨花中钻出来，身上就像下了一场雪，头发、眉毛、脖子上都挂满了白色。他把最长的两条刨花拈在我的两根短辫子上，说我以后就是长卷毛姑娘了，好看，好看，真好看！我们咯咯咯地笑着，一遍遍地玩天女散花，看白色纷纷扬起、落下。伯父提着锯子和推刨过来了，猪肝色的脸上没有一丝笑意。他把锯子往地上一扔，呵斥，你们这些小鬼登哥[①]，给我滚远点玩。玩米，玩面，狗都不稀罕。现在，连一堆破刨花都不放过。我三哥迅速扯掉我辫子上的长刨花，我像个没吃饱的花咩羊[②]，张开嘴巴大哭起来。

我的哭声更招伯父嫌弃，他又接着骂起来。我三哥轻轻地在我耳朵边说，这个老古时人[③]怕是又吃醉了。你快别哭了，再哭，

---

① 小鬼登哥：小鬼精灵，指顽皮的孩子。滇东北部地区方言。

② 花咩羊：在云南东北部地区，“咩”字有亲切、可爱的意思。此处是指花色的小羊羔的意思。

③ 老古时人：指脾气古怪，古板的人。滇东北部地区方言。

他会拿锯子锯掉你的舌头。我伸一只手捂着嘴巴，惊恐地看着那把像是会说话的锯子。我亲眼看见它把最坚硬的木头锯断过，伯父一只脚踩上去，用双手来回地拉动，多粗多壮的木头都会掉下头来。它们长一截短一截地横躺在地上，任由伯父收拾。伯父的一根食指指在离我半尺的地方，像是要把我的脑门戳出洞来，我闻见他嘴巴里浓烈的酒味。他说，我从没见过你这么爱哭的小姑娘，前几天，头发辫子被剪一截也要哭，现在你又哭些什么呢？我怕你妈一会儿拿跳脚米线给你吃，有你哭不完的。

跳脚米线不是米线，但我曾吃过无数次。后山上长着一种植物，村子里的人叫作老米粗，春天时，它发出又直又软的细条子，夏天时结的果子像米粒大小，酸酸甜甜的味道，是我们爱吃的野果子。那些细条子就成了村子里的大人惩罚孩子们的工具，它们比鞭子用得更顺手。土墙边，瓦屋下，门背后，竹林旁，随处都看得见细条子的愤怒。它们一条条地抽打在我们的屁股上，手臂上，腿上，每抽一下，就疼得忍不住跳一下脚。大人们从山上回来，顺手就带回了这些细条子，竖在门背后，当孩子们不听话时，往门背后一拎，细条子就伺候在我们身上了。四平村的孩子们的身上没少挨过它。

米线是村子里的奢侈品，母亲偶尔会从街上买一些回来，用韭菜、白菜煮一锅，放上几片火腿，让全家人解解馋。由此，孩子们就惦记上了这种味道。大人都会说这一句，还想吃米线，门背后有跳脚米线呢。吃完跳脚米线的孩子们，哭完还要上山背柴，下地干活。有一次，母亲突发慈悲，想看看她在小儿子身上留下的记号，一掀开裤腿，白痕摞着紫痕，看得她心肝都掉在地上。嘴里却骂，你这个憨狗，打你就不会跑吗？你身上没长脚吗？有本事就硬抵着，看我下次不把你打得脱层皮才怪。

母亲这么说，并没有阻止我们下次再犯。每一天逗发母亲鬼火绿的事情，总是一桩接着一桩，今儿打破了只碗，明儿偷了人家的葵花，后天丢了作业本。数不尽的错事，让门背后的细条子一直没有闲过。有一次，母亲找不到那些细条子，她的肝火更加旺盛，一堆细篾黄堆在门口，气急的母亲在捡起一根细篾黄时，一根刺戳进了她的手掌，她叫了一声“哎哟”，忙着找针挑刺去了。小弟背上箩，一个抖擞就往后山跑去了。晚上回来，满满实实的一大背箩柴火，母亲的怒气早已烟消云散。为此，她经常表扬她的小儿子聪明，尤其在知道那些细条子是他丢在火里烧了的时候，她就更加确定了她的判断。而我们几个，都是老实巴交的憨货色，打死都不敢逃跑。于是，小弟和母亲就像玩一个游戏，烧不尽的条子啊，山上和路边随手可摘，取之不尽，用之不竭。

半月前，母亲嫌我的头发长了，让正在理发的爷爷帮我剪掉一截。母亲说，就剪一些发梢，黄毛黄气的都开花谢朵了。我拉起头发尾巴一看，发梢果真开了些白叉。开花的头发要剪去一些，才能让根脚长得壮实，就像爷爷修剪各种果树一样，刀起发落。我伸手一摸，哇哇大哭。我怪爷爷剪多了发梢，让我的长辫子变成了短马尾。面对一个半天哄不乖的娃娃，母亲又用上了她的跳脚米线。这一次，我吃得很冤枉。连跳了好几下脚之后，爷爷拉我进怀里，吓唬我说，再哭会打得更凶更疼。母亲一边丢了细条子一边说，人也像树一样，从小不移，到大不弯。[①]

伯父家的地基上，伐木的声音，刨刨花的声音，敲敲打打，生机勃勃。彼时，我家的大槐树上恰好来了一只啄木鸟，它用长长的喙敲打着树干，像是要与木匠们比赛似的。槐树的质地不算坚硬，不久之后，我们就看见了一个洞。为这只啄木鸟，不，我们叫它啄木官，我们还编了一个顺口溜:啄木官，黄炎炎，挑坛酒，度年边，年边长，不过嘴巴长。大人们却像是深知它们生活的不易，也有个顺口溜：啄木官，嘴长长，泡木树上称霸王，橿子树上崴断嘴。泡木树长得快，房前屋后，不出几年就有了粗壮笔直的躯干。橿子树长在后山上，生长的速度缓慢，质地坚硬，连做烧火的燃料都比别的树木更耐火候。

我每天背着书包上学放学时，都要站在那些一天天变化着模

① 从小不移，到大不弯：从小不好好教育，长大了会没了韧性。滇东北部地区方言。

样的木架子前看新鲜。木头的味道吸入身体里，有种踏实和温暖的安全感，像一个人刚吃饱了饭似的。但我依然看不明白，木架子是如何成为大房子，木头与木头是如何天衣无缝地咬合在一起的，木匠们都会变戏法吗？像是真没有人有时间回答一个小女孩的问题，他们都嫌我话太多，取笑我将来嫁出去怕要被人嫌弃的。母亲说，要是你能明白这个，人家就请你当老木匠去了，给我好好读你的书去。

壮观的两个木架子终于搭建完成，伯父家选定了一个吉祥的日子“竖房子”，这是四平村对盖新房子的称呼。过了许多年，我依然记得那个日子：腊月十八。这个日子在两个季节之间被大人和孩子们念叨了很久。它终于到来了。青山隐隐之间，鞭炮声响起，请来挂红的老先生站在雄伟的大梁上，高声朗朗：一挂大川，有吃有穿；二挂二川，猪羊满山……吉利的话语从红布上飘落下来，掉在我们的怀抱里。备好的五谷杂粮用红布包好，已请先生放在大梁上，祈祷岁岁丰登的日子。客从远方来，划拳猜令，像是四平村的一个重大节日。

后山上长着各种树木，参天的松树、笔直的柏树，还有许多不知名的树，各自为战，成为森林的一部分。它们的用途也各不相同，根据材质的软硬和粗细，一些用来建盖房屋，一些用来打造各式家具。家里有一只古老的箱子，是已经离开人世的某个先祖母的陪嫁妆。一百多年的时光让新娘子的红色变成了黑色。这只箱子最特别的地方在于木匠没有用一颗钉子，只用木楔子让一个四方形紧紧地咬合在一起，成为神秘的百宝箱。奶奶把她最值钱的家当都收藏在里边，绣花线、鞋样子、丝绸、缎面、绫罗，还有几个银铃铛。

松树最多，用途也最广泛。四平村家家户户的木架房子，都是以松树为主要材料搭建的框架。谁家要建盖新房子了，木匠们背着吃饭的工具就来了。四平村出产篾匠，四平村背后这个叫铜鼓箐的村子出产木匠，村与村之间互通有无，在各自需要的领域相邀相请。伯父算是个木匠，但算不上大木匠。他们家盖新房子时，他既像学徒又像监工，忙碌在一片地基上。但我确定他又真是一个大木匠，他会做犁把手、锄头把手，就连一辆四轮的牛车都是他用木头鼓捣出来的。各种木头在伯父的手里，成为生活的好帮手。他还在高兴时，给我们每人削了一个木得螺（陀螺），一鞭子下去，得螺飞叉叉[①]地转啊转，我们的心都跟着转到了月亮上。

伯父每天都忙得像被鞭打的得螺一样，砌墙壁，扇瓦片，装板壁，踩楼板。石头、瓦片、木头在他的手里各有去处。我亲眼看着木架子变成了遮风避雨的地方，变成了人人口中的新房子。它在四平村醒目地矗立着，像是伯父的莫大尊严。我也终于明白，

① 飞叉叉：急速。滇东北部地区方言。

原来庇护四平村人身心安宁的木屋子是这样建成的，难怪我奶奶爱说，这人盖房子也像小鸟兴家。人有人窝，鸟有鸟窝，别人的金窝银窝都不如自己的狗窝。人们在自己的窝里找到生命的归属感，成为一个家，成为四平村。

没过多少日子，伯父又从山上砍回一棵松树，他要做一张新床。在几座山上寻找到这样一棵松树，又粗又直，松树上还结满了松塔。松树结的果多，寓意多子多福。新床成为哥哥的婚床。又一个吉日，伯父又办成了一桩大事，给他的大儿子娶亲。

伯父家新房子的木头在烟熏火燎中渐渐变了颜色，随着生活条件一天天好起来，村子里的新房子一间一间地竖起来。盖新房，娶新人。老老少少，年复一年。父亲和母亲在伯父的激励下，也忙着盖了两间砖木结构的新房子，还浇灌了阳台，那是当时村子里最气派的房子。他们计划着给两个儿子将来娶媳妇用，每人一间。那时，他们的大儿子才上小学四年级，小儿子上小学三年级。

2

离四平村十里路的西泽集镇上有一座寺庙，“三台洞”三个字的县级文物保护标志牌歪歪斜斜，石岩上的黑色木架子在风吹日晒中已经破廊倒壁。这是一座有些年代的寺庙了，供奉着十里八乡的精神信仰。他们在这里祈风调雨顺，求家业平安。奶奶说过去的每年三月三，这座寺庙里有最旺盛的香火。方圆团转的人翻山越岭来这里赶庙会。我每次赶集经过，想着久远年代的热闹场景，同时也想起在这里传说的一个故事，神仙与木头的故事。

三台洞对面有一个洞叫仙人洞，仙人洞壁上有一个老仙人的模样，有鼻子、有眼睛、有胡须，无论从哪一个方向看过去，老仙人总是在对着人间微笑。洞下面有一潭碧绿的清水，晴天丽日，是“白云千载空悠悠”的绝妙景致。传说有一个叫吴承伯的乡贤曾在仙人洞中与仙人对弈，一盏茶的工夫，洞外已是三天三夜。他们原打算在仙人洞的上面建一座寺庙，以奉仙人之德。能工巧匠们把大梁挑好，准备选个日子就投入到如火如荼的工程建设中。第二天，这根大梁却像长了翅膀，飞到了对面的三台洞上面。

这一件神秘的事情让人更加确信仙人的存在，人们便遵循仙人的意愿，把寺庙建到了三台洞上。三台洞的山崖肚子中洞洞相连，飞檐画壁依山而建，化外风景，别有洞天。洞下，一条清溪西泽集镇，名曰小石河，水草丰美，鱼儿悠游。家家临水而居，浣衣洗菜，炊烟袅袅，做豆腐的熬白糖的，安居乐业，与多年之后我在丽江见过的景色并无二致。依了水的恩泽，这里的小媳妇大姑娘们个个水灵灵的，芳名远播，贤心未断。

无从考证的传说，在乡间经历了一代又一代，人们口口相传，乐此不疲。传说在一千次之后，便也像是成了真实的历史。老先生的名字和故事赫然写进县志，通达“四书”“五经”的他在洞中设坛讲学，启蒙家乡的河流。人们对于老先生的信任，在一定程度上可归宗于对圣贤书的崇敬。如今寺庙已被重新修缮，雕龙画凤重回人间，儒、释、道在这里互相渗透融合，像是被木头加持过的人间香火又有了新的去向。梵音袅袅，慧知茫茫，热闹与清寂同在石阶上祈祷着故乡的四季。只是，清溪早已断成一根麻线，临水而居的小院也换成了高房大屋。

寺庙里有一棵枣树，依山而生，倚门而望，曲直有法，枝叶绮丽。很奇怪的是被鉴定为枣树也是近年的事，因为它是一棵不像枣树的枣树。至于枣子的味道，我从未尝过。或许它就不是枣树。但它却是寺庙里的吉祥之物，每一个经过它身旁的人，都会不由自主地靠上去抚摸它。

没有人知道哪一棵树会成为谁的智慧树，在不经意之间也许就结出了人类的智慧果。站在这棵古老的树下，我一次次地仰望天姿，希望有一枚果实落在我的头上，敲打我的愚蠢与迷惑。数着石级下山时，我在心里想起了一些与树相关的奇异之事。像是人类的进步都离不开一棵棵树的开示。佛祖在菩提树下修成正果，精神之光便从天而泻；牛顿在苹果树下得到万有引力的灵感，科学探索之路便硕果累累；上帝为亚当和夏娃创造的乐园里，也长满了各种树，他们因偷食知善恶树上的禁果，世界便为此而纷繁颠倒；就连四平村的婶娘伯母们使针线或是闲话时，叔侄兄弟们吸烟或是讲笑话时，也要站在某片树荫下，仿佛这样，身体的安全舒适就有了一种精神上的依托。

有趣的是，处处山河之间生长着众多神树——龙树、母子树、夫妻树、求学树、求子树，每一棵树的身上都有一些有鼻子有耳朵有美人痣的传说。它们巍然屹立于寺庙或是村落前后，为人们送去精神的慰藉。人们依托着对天地万物的敬畏，抵抗生活的残缺，在念念不忘的回响中完成对美好的祈愿。

更有趣的是，与某棵树成为一生的亲人，让人与树木之间的悄然联系，在某种机缘巧合下成为既定的事实。彼时，小姨从一座山上下来，脸上泛着飞扬的神光。她悄悄地告诉我，夜间常常哭闹惊醒的四岁小儿，在拜了老东山的柏树为干妈之后，每个夜晚就像被神仙打了灵符，无吵无闹，一觉睡到天明。我让小朋友描述老干妈的模样，他说，好粗，好粗，好高，好高。

老东山是这座城市的一个屏障，山上也有一座寺庙，叫松鹤寺。寺庙里有千年柏树，其中有一棵柏树最粗壮，它的两边长了两株笔直的小树，像一个母亲带着她的两个孩子，被人们亲切地称为母子柏。常年四季，香火缭绕，青烟袅袅，树的周身上挂满了红色的丝线。在跪拜和祈祷之间，这棵树就成了许多孩子的老干妈。这些孩子的名字中都要带一个“柏”字：柏林、柏欢、柏生……

命理相缺的东西，仿佛在这里就有了补救的措施。叫一声干妈，他们吵闹的夜晚就有了一个安稳的着落。传说越久远，它们就越灵验。信仰对人类精神的统领，在一棵柏树身上被无数人佐证。

而我更喜欢寺庙里的一株宋朝的梅花，红墙碧水之间，大雪纷飞时，千朵万朵压枝低，像是要把流年的幸福与哀伤痛快地喊出来。有一个女子，神态安然地坐在树下，当一支香烟在优雅的姿势里燃尽时，她像是得到了人间最深的法喜。树枝上，挂着一些玉米，那是专门为松鼠们准备的粮食。有一只小松鼠在淡定地啃着玉米，它与她的神情是如此相似，寂然欢喜，无取无舍。我亦在四周袭来的晚祷声中，身心安然，仿佛眼前的山河与我，各自风调雨顺。

我伸手抚摸着一株六百五十岁的松柏，弯弯扭扭地向上伸展，它有个直观的名字:扭柏。这太像人类的生存历史了。在那一时刻，我像是觉得自己也成为一棵树。在一本古老的姓氏族谱中，我是“木”字辈的人。我浑然觉得自己找到了通向树木的路径，忽然就对“山有木兮木有枝,心悦君兮君不知”的诗句有了无限的欢喜心，多么悠长深邃的爱恋呀，穿越梵音抵达俗世。我抬头望向七彩云端时，像是对于人间情爱就有了某种深刻的盼望。

在四平村里，有文化的长辈们嫌这一个“木”字起名字困难，便以“木”字加偏旁部首成为辈分。于是我的兄弟们成了“荣”

字辈的人，有文有武，有光有明，还兴国安邦。他们的名字中含有一个家族对后世子孙的殷殷希望，更是一种择木而居、与木为伴的深深的感恩心和平常心。后来遇到同一姓氏同辈的人，他们直接以木取名，木盆、木果、木瓜，大有人在，他们大呼难听。

其实如果女孩子可以按辈分取名，我很乐意被叫作木兰。木兰代父从军，一直是我梦中女英雄的最完美呈现。你看，我在一块木头里沉醉不知归路。四平村的先祖们为了躲避战乱灾难，从闽中辗转来到这里。最早的时候搭了一个个窝坡，以避风雨，并把四平村取名为魏家窝坡。他们伐木盖屋，以木制床，木盆、木桶、木桌、木柜、木凳子，木门长子[①]，代代相传。为了纪念山中之木，还把一座山命名为树家窝坡。在他们的眼里，树与人是一对患难的兄弟，都需要有自己的家园。

3

四平村的周围栽了很多果树。那些年，羡慕邻村的同学们有桃子、李子、杏子吃。还有这样一个顺口溜：桃饱人杏伤人，李子树下吃死人。大意是要孩子们别贪嘴，不能多吃杏子和李子。因为嘴馋，拉肚子的活计，我们都挨过。大人又会说一句：不听老

① 木门长子：指木屋里住着的大儿子。滇东北部地区方言。

人言，吃亏在眼前。

小弟曾在土地上种植我们没有的果树，每一次都被母亲毫不留情地铲除了，她说，放果树长起来，庄稼就不能种了，我们没有多余的土地来种什么果子脑脑[①]，还骂这一群馋屁股。如今，到处种的是果树。板栗树、核桃树、桃树、苹果树、梨树、石榴树，甚至是樱桃树、杨梅树、猕猴桃树，土著是柿子树。它们在每一个季节结出不同的果子，成为节日的盛宴。春天，这些树上开满了花朵，白色的梨花、粉红色的桃花、粉白色的苹果花，核桃树的花朵就像老人的胡子，长条长条的。板栗树的花朵要夏天才开，也是长条形的。

夏天的桃子和梨子，秋天的板栗和核桃，唯有一种水果成熟在冬天，那就是柿子。在四平村，柿子不叫柿子，叫柿花。柿子树的叶子五彩斑斓，当它们从树上落尽的时候，柿子就像花一样，黄黄红红地挤满枝头，像一树一树的繁花。在冬天，我还喜欢看光秃秃的树枝，当最后一片树叶离开树的身体的时候，非常沉默非常骄傲的树的形象就站在了寒风中，迎来送往，在天地之间自然肃穆，像人类的守护卫士，不带一刀一枪，自成威严。

我们都在对一棵树的仰望中，得到了最实在的收获，解馋，

---

① 脑脑：指零星、杂碎不全的东西。滇东北部地区方言。

解渴，解恨。瓜田李下，偷了谁家的果子，就说一句：抬头的果子，弯腰的萝卜，哪个吃不得嘛。这是四平村人口中的俚语。这句随口而出的俚语为我们偷摘果子找到了最“合法”的依据，馋嘴的毛孩子们就从这棵树爬到那棵树。当然也有从树上掉下来的时候。一犯再犯之后也没有学到教训，爬树依然是一种乐趣。

村子里的大人们嫌弃淘气的孩子见不得未成熟的果子，就说他们是小白龙过路。很长时间，我才弄清“小白龙”就是冰雹的意思。现在，到处是弯腰的果树，偷吃果子的孩子却越来越少。于是，我们就有了嫌弃的理由。母亲每年春天都在催她的大儿子早起嫁接各种果树，这时，她的小儿子就会说，那些年想吃不让弄，这些年，弄了也没人吃。母亲说，不吃就算，我拿到街上卖了去。事实上，在乡街子[①]上，就没有过值钱的果子。我忘记了，这里被誉为“柿子之乡”和“板栗之乡”。卖方占领的市场，供给远远超过需求。父老乡亲们不辞辛劳，不过是为了让劳动有一些自我认定的价值，更或者往高了说是在敬畏树上生长出来的果子。

有一件有趣的事情，实在可以说上一说。四平村的核桃树分为两种：山核桃和茶核桃。山核桃夹瓤，难以取出核桃仁。茶核桃若是不管它几年，便也变异为山核桃了。要让它变回来的方法

① 乡街子：乡村的集市。滇东北部地区方言。

有点奇异。大年初一时，拿着斧头砍上几斧。有心的老奶奶们还要端着茶水敬献，甚至要找一个童子娃娃站在核桃树身边，敬一口茶，问一句：核桃树，你今年给茶了？童子娃娃要应声回答说，茶了。来年，核桃树上的果实就不夹瓤了。

我对此事一直持怀疑态度，就像怀疑大花雀会骂人是假的一样。母亲说，还有你更不相信的呢，山核桃树是有性格的，你砍到哪边，哪边就茶了，另一边结的还是山核桃。然而，并非每一件事情都能得到有效印证。四平村人在口口相传中实践着生活，他们在给老人送葬起棺时，只要听道士说某种属相的人统统回避，就会看见一些出列的人，匆匆而去又匆匆而来。母亲说，如果样样要自己亲身检验，代价就大了去。

比如某一年，有天我二哥和三哥去山上砍柴，一直未归。起初，还以为他们在山上贪玩。每天中午和傍晚，前山后山上只要一听见呱啦呱啦讲话的声音，就知道是背柴的孩子们回来了。一拨又一拨的人回来了，就是不见二哥和三哥的影子。大人们捏着手电筒从山上背回两个口吐白沫、奄奄一息的孩子。原来，他们俩贪吃马桑树的果子，红色的果子是酸涩的，黑色的果子是纯甜的。他们越吃越开心，越吃越想吃，不知不觉就吃多了，中毒了。

从此，四平村的孩子们都知道马桑果不能吃多了。从后山采回一些解毒的中草药，按照些土法子，总算是让二哥和三哥都活回来了。但生性爱动的三哥并没有停止过对一切新鲜事物的好奇。没过多久，他拿着一根木棍子在磨面的机器前玩耍，看着飞速转动的皮带，他又有了新想法。他才把棍子搭上去，就传来一声惨叫，棍子穿进他的手掌里，断了。那截棍子留在他的手掌里很长一段时间，直到化脓，一个手掌变了形状，伯父才送他去城里的医院做了手术。在很长一段时间，二哥和三哥与我同学，他们俩换着去上学，二哥不想下地了，就去学堂里上几天学，他不想读书了，又换三哥去。他们晃晃悠悠地识得一些字，终于没做了睁眼瞎。

4

旱莲花有一个好听的名字叫深山含笑。春天时，白色的花瓣站满了枝头，一朵朵从绿叶中探出头来，像莲在佛前的静谧，也似风在阳光里的欢畅。四平村后面的山上开满了这种花，他们对这种木本花的命名方式依旧是启用最直接的感官。比如，这旱莲花的名字的由来。莲花生于水中，生于旱地而又开花像莲的植物，便称为旱莲花。当然，第一个给它命名的人如果叫它山莲花，它也便是山莲花了。

还有一种叫小脚花的植物，春天时，满山坡的粉红色，像一个个风情万种的女子。仔细看那些细碎的花朵时，特别像老祖母们的小脚。四平村人的命名方式有强烈的认同感和归属感，尤其是他们对于兄弟叔侄们随口呼出的绰号。大酒瓶、木头桩、黑麻蛇、板腰四、白脸五、笨水牛，张口就叫，不带任何歧视，就像是他们自身的一种符号，比对他们名字的呼唤更为亲切。

于是，旱莲花、老米粗、索筋草、白栗树、豆结巴、豆精粮、子午花、癞蛤蟆叶……这些在书上找不到名字的植物，在四平村和方圆团转的村子里，是一个明晰的指代，一说大家都知道。最早唤出那一声名字的人，他们的肉身早已跟这些植物的根部合为一体，成为树的一部分、山的一部分。没有人记住他们的名字，但记住了这些植物的名字。

山上也生长着一些普通的植物，比如，青松、罗汉松、扁柏树，它们是山川河流的主人，割据一方，贡献生命之绿。有一种不得不说的植物，它的名字叫爬地松。与其他高大挺拔的松树不一样，它们顺地而爬，遇岩石长枝叶，遇薄土长根须，在贫瘠的山地上迅速占领阵地，长成一片森林。看着它们，有种绝处逢生的坚韧力量奔涌于胸中。

山巅之上，有高大的叫不上名字的乔木，它们身上长满了长长的绿色胡须，一棵棵都像有些年岁的老人了。雾气弥漫中，我们在树林中欢笑，砍柴，摘花，捡菌子。也跟着母亲仔细辨认，哪一种树上的胡须可以食用，哪一种又是有毒的。圆的、扁的、长的、短的，我实在是记不住了。母亲说，倒也不算太好吃，在舌头上会打结似的。饥饿年代吃的，现在不用吃这些鬼东西了。前些日子，我在朋友的一篇文字中又有了新的认知，原来这些树上长出的胡须叫作松萝。松萝对气候环境的要求很高，必须生长于纯净无污染的地方。只是，我已经有好多年没有遇见过它们了。

每年春天，后山上开满了各种颜色的杜鹃，白色的、黄色的、粉色的、红色的、紫色的，还有一种颜色太像我小时候的那只麻母鸡的颜色，我便不能忘记自己是四平村人的习惯，马上给这种颜色的杜鹃命名为麻杜鹃。有人好奇，我就专门拍了图片传过去，随之我的大脑就迅速回闪到四平村的竹林里，“看”一只梨花公鸡和一只麻母鸡在追逐的游戏。

事实上，山上那些茂盛的植物，我对它们大多是未知的。就连杜鹃花的品种，我都还没有分辨清楚。然而，终是有些事物，要成为绕不过去的弯路。比如，这些长在山上的植物，恣意妄为生长的植物，在经年某月某一天，它们就站到了城里的某个小区，某栋大楼脚下，或是公园里，或是公路旁，成为美化亮化的标志物事，就像我在小区楼下看见的这一排排旱莲花。

从山上移栽至城里的植物，它们中的一些活了，一些死了。活着的成为盆景，成为风景，死了的成为垃圾。我第一次见到一株半死不活的大树上，挂了许多吊瓶，像一个生病的人需要输液。点点滴滴的液体进入它的身体，有一些抢救活了，有一些不可抑制地死去。死去的大树迅速被代替，活着的成为城市的卫兵。每一棵大树都有自己的故乡，只是我不知道它们在月影绰绰时，会不会怀念在山岗上的自由和寂寞，会不会想念村子里那些顽皮的孩子。

后来我习惯了看见大树上的吊瓶，习惯了看见有大树的小区，就像我习惯了自己已经是一个城里人。仿佛没有大树的小区，便少了有力量的卖点，便少了些进入世俗生活的乐趣。于是乎，大树进城便成了一桩新鲜事。

在一个寒冷的冬天，我回四平村，才进村口，觉得天地间空缺了许多。低头就看见了一个硕大的坑，原来陪我长大的那棵黄连木被挖走了。我和小伙伴们曾在树下刨过虫子，挖过地洞，躲过小雨，拉过手，打过架。夏天时浓密的树荫像一把大伞，树下的泥土上有一些细小的坑，那是一种叫聋子的小虫，它倒退着身体钻进土里留下的。我们找啊找啊，还编了一个顺口溜：聋子窝窝，开门给大哥。看见它的影子是我们最欣喜的时候，小伙伴们对此游戏乐此不疲。如今这棵大树不在了，像是我的童年被人无情挖走了。

母亲说，那树又不是你家的，卖与不卖又不是你说了算。三百块钱，包挖起，包上车。二叔拿到三百块钱时的样子，我没有看见。他对酒钱的执迷，让他丧失一些正常人的智力。缺酒钱就卖竹子，如今卖了这树。他不会明白我心中的难受，就像我不能明白他每顿必喝、每喝必醉的日子。如果我说我的童年也被卖了，二叔和我的母亲都会以为我是在说疯话。

母亲说买树的人先是看上村子里最大的那一棵大黄烟茶树的，那一棵要四个大人手拉手才能围得严实的大树，是村子里的集体财产。不知道是先有四平村还是先有那一棵大树，总之它已经很古老很古老了。祖先们一代代人都已经埋在土里了，唯有它代替他们守护着村子里的子子孙孙，开枝散叶，葳蕤生长。为了供养这棵神树，四平村下放土地时，不惜放弃树脚下这一大块肥沃土地的产量，并立下了不许砍伐的规矩。没想到，后世子孙有人要吃嘴卖了脚后跟，来打这棵树的主意了。

买家出到一万块时，村子里已经有些人开始动心了，他们在计算自己可以分得多少钱。缘于大多数人对这一棵树的特殊感情，最终没有达成一致意见。那个怀揣许多金钱的买主在这村子里转悠转悠，在这棵树前站站，那棵树前看看。我像是看见了树的颤抖，它们都像被拐卖异乡的女子，在瑟瑟发抖中等待命运的宣判。那个人的脑子里肯定装满了城市里的各种楼盘，楼盘之间需要一棵什么样的树，都已经种在他的脑子里了。除了四平村，其他村子里的树，也没有逃过他的眼睛。

母亲说买主后来看上的是二叔家另外一棵更大的树，价钱一口就出到八百，二叔连犹豫一下都没有就答应了。但在挖的过程中发现周围的障碍物太多，没有办法运出去，遂得作罢。像是为了弥补心底的歉意，二叔向他推荐了相对较小的这一棵，买家趁机压了个低价，这生意便是成了。

买家后来还看上了另一棵树，但得知是一棵漆树时便不要了。漆树落叶时与黄烟茶树无多少区别。漆树是木匠们做家具的必备品，在它身上割开一道道皮，流出的液体可以做成土漆，用来给家具上色，土红色的嫁妆是新娘子们的未来家当。我们通常不在漆树下玩耍，有小伙伴摘了叶子就中毒的，满脸红肿，痛痒难耐。大人们说这是生漆疮了，他们忠告我们远离漆树，可免去漆疮之苦。

从那棵树丢了之后，我便花很多时间行走在这座城市的一个个小区，像是在找寻我的童年。遗憾的是，我终是没有与它再度相遇的缘分。我不知道它死了还是活着。它的命运就像四平村里那些嫁出去的女儿，她们已经不是四平村的一部分了。忙于生计，彼此相安。只有等到她们死去的时候，四平村的亲人们才组成一支浩浩荡荡的队伍去送她们最后一程，而这一棵树悄无声息地就没有了。

某一次，我路过另一个城市的一个小镇，小住两日，忽地想起四平村一个出嫁的姐姐。老天在我的念念不忘中赏赐给我一个大大的回响，我竟然在一个摊子上与她相遇了。我们几乎在同时认出了彼此，喜极相拥，互问家事。我们的根都长在四平村，我们却像叶一样被风吹向了各处。如若不是机缘，此一生，便成天涯。我们又何尝不是那一棵被卖了的树，叶落谁家院子，都是一阵阵未知的迷雾。被清苦生活折腾的辛劳，卧倒在她的白发里，皱纹里，遮不住，挡不住。她羡慕我离家近，抬起脚就能丈量到四平村。可在我心里，我们都同是四平村的客人，与一棵不知所终的大树一样，各自飘荡。

深夜里，久久未眠，天涯芳草，处处沦落人。比起任何时刻，我都希望远嫁的姐姐能有一些更好的日子，就像我也同样期待那棵树有一些好的运气。她们都应该是有福气的女子，能嫁到一个好人家，生机勃勃地活着，生儿育女，过上光鲜美丽的日子，等着有一天我与她们再度相认。

楼下的春天里，蓝底白字的标志牌上写着：深山含笑。这是一个多么好听的名字呀。我仔细地辨认着，它们中的哪一棵是来自四平村后山上，曾经与我的童年和少年相遇过。每一棵都是似曾相识的样子。林业部门工作的朋友告诉我，在这片地域生长的旱莲花，大多出自我的家乡西泽。很长一段时间它们被大规模地贱卖，一百块钱一棵。父老乡亲们就忙着在山上挖这种不受限保护的植物，以谋生计。

每天上下班，看着满树的旱莲花，呼啦啦地蹲在枝头上，像是与我的少年时光重新相认。极度欣喜地拍了图片，发了朋友圈。

在远方工作的表哥说，要知道，我从小一直的梦想就是砍一棵大大的旱莲花树，做一个桌子，吃饭，写字，喝茶，多么高级呀。如今半生光阴逝去，这个梦想尚未能实现，都不知道老家的山上还有那么大的旱莲花树吗。

表哥的疑问也是我的疑问。我已经很久没去山梁杆上了，更或者说我日渐退化的体能已经让我对高山止于仰望。妹妹说，这是乱砍滥伐，要罚你款的。表哥说，如果真能让我砍上一棵，我甘愿受罚。聊天就成了一个死疙瘩，一端系在表哥的梦想里，另一端系在妹妹的现实里。而旱莲花树正站在院子里，无悲无喜。

5

我家曾有一棵皂角树，巨大无比，它生产四平村洗衣服的原材料——皂角。洗衣粉和肥皂代替皂角之后，这棵树生存的“合法性”一时受到很大的质疑。满地的皂角横躺直卧，像被遗弃的宠儿在树下呻吟，被无情地踩踏，还嫌弃它们的坚硬戳伤了土地的柔软。我的父亲母亲决定砍了它。

锋利的斧头、锯子，强壮的身体，他们围着皂角树发力、出汗。几天之后，我看见一棵硕大的树躺在一片肥沃的土地上，像一个悲壮死去的大英雄。要肢解它，得耗费很多工时。他们修枝去叶，剩下一个粗壮的树干，又一截截地把它切割。后来，他们又搭了一个高架子，把一段大木头架上去，画上一条条笔直的黑线，使用比人还高的锯子，换班劳作。他们不停地重复上下拉动的动作，额头上的汗像珠子一样与细碎的木屑一同飞舞，吸几根香烟的工夫过去，一块淡黄色的木板就从树干的母体被分离了。一块块被肢解下来的木板，被搬到灶房的二层楼上，搭起两个高高的木堆子。屋子里便每天都充满了皂角树特有的淡淡的香味。那是一种令人迷恋的木头的香味，我至今找不到一种类似的香水味道来怀念它。

父母亲的初衷是把这些木板作为女儿们嫁妆的原材料。两个儿子的房子盖好了，两个女儿的嫁妆也准备好了，好像他们的日子就安稳了。遗憾的是耗费很多精力盖起的房子毁于一场大火，而皂角树木的香味又实在太吸引虫子，它们每天都在蚕食着我和妹妹的嫁妆。每当父母亲看见一小堆一小堆在楼板上隆起的像面粉一样的东西时，他们只有叹气的声音。我一直奇怪，父母亲为什么没有卖了这些木板。更或许他们是在对女儿们信守一种承诺，必须要把这种承诺进行到底，哪怕它们带着瑕疵。好在，他们的女儿们都在书本中找到了自己的路径，没把嫁妆这件事情太放在心上。

然而，终是要嫁女儿的，也终是要有点嫁妆的。那时，我毕业几年尚未出阁，我的父亲母亲没有着急，但四平村的老人们却着急了起来，他们丢下这么一句：哟，姑娘啊，养大牛大马嘛好看，养大姑娘嘛，难看啊。于是乎，像是为了不太难看的坐相和站相，便急急地想把自己嫁了。婚期临近时，父亲还是把那些残朽的木料翻了一遍。可惜大多都只能当柴火烧了，父亲用剩下的稍微还有点品相的木材，坚持请木匠打了八把小椅子。

一大堆木头除了成为虫子们的乐园，就是换得几把红漆亮格的小椅子。父亲让我带上四把小椅子，剩下四把留给妹妹。我嫌弃我的嫁妆太过简陋，便与父亲撒娇耍赖。事实上，我明明知道他们为了供养孩子们上学，家里又有病病灾灾的意外，已经耗尽了移山心力，哪还有多余的钱财。父亲爱怜地指指我的脑袋说，你的嫁妆都装在这里了，如果要换成这木头脑脑的嫁妆，请你婆家开几辆大卡车来也拉不完。

如今，我看着那几把时光斑驳的小椅子，就想念有父亲疼爱的日子，有山，有天。父亲的五十三岁，是连老木头都还不能设想的壮年。在四平村，对于年满六十的老人，最大的寿礼便是做好一口老木头，放到阁楼上，以备万一。这已是心照不宣的秘密。老木头是棺材，但人们忌讳叫棺材。要么叫老木头，要么叫老材子。偶有年轻力壮的人意外死去，就得有老人的老木头要让出来，或是卖了，或是以木换木。父亲的身体装进买来的老木头里，安详，仁慈，可他还一点不是老人的样子啊。一屋子的哀恸，叫不回父亲的三魂七魄。如果时光可以倒流，我要冒着四平村的大忌，给年轻的父亲挑一块上好的木头，建造他往生的房子。

我第一次见到老木头是在一个老人的家里，那时我才七岁，去外婆家的村子串门。狭窄的屋子里，一口大大的老木头很醒目，草席子盖了半截，还有半截露在外面。老人在做饭。我像是看到一个死去的人就在她旁边。见我害怕,她脱下自己的破衣裳盖上去。看不见棺材的世界，恐惧暂时离我而去。

像是对生生不息的木头的终极怀念，人类最终的归宿也必然要进入一个小小的木匣子。在四平村，能做老木头的通常是杉木。笔直挺拔的杉树，长在路边、沟边和墓地的周围，张家的李家的，各有标记。它们缓慢地生长着，等待着能成为老木头的一天。也有人家用硕大的松木来做老木头，但终究是失了一个档次似的。实在做不起老木头的贫苦人家，也有用几块白板子做成一个匣子埋葬了的。仿佛只要有了几块好木头，便算是不薄待了这一生。

除了杉木和松木能做老木头，人们普遍认为能用柏木来做老木头是最好的选择。然而柏树生长得太慢了，村口那棵柏树，这许多年来好像没有生长过似的。偶尔会有某位老人用柏木拼拼凑凑做成一口棺木，会被十里八村的老人们羡慕很久。他们认为，死去的身体放在柏木的清香里，会是最高级的修造。外公沾了他的小儿子是木匠的光，得了这样的归宿。老木头做好时，想要购买的人络绎不绝，全家人笃定不卖，给多少钱也不卖。

四平村每年都会有死去的人，一口黑棺材停在堂屋中间，仿佛它能装下一个人的一生。亲人们见上最后一眼时，有一个“掩钉”的仪式。木钉子，木锤子。喊一声，亲人啊，你快快躲钉吧。从此，生死茫茫，阴阳两隔。我木木楞楞地站在悲伤和眼泪之外，想象一口棺材与土地融合时的种种场景。送走爷爷、奶奶、父亲、外公、外婆，还有更多的长辈，他们一个个离我而去，活着的时候，他们用木头归顺生活，死去的时候他们的身体被木头归顺。

6

湖边有许多长条椅子，时间与我都没有在任何一把椅子上坐下来。迎面走来的，他们不是一个个人，而是一棵棵树。他们代替树木在生长、奔跑、死去、轮回。

树木吸天地精华，在高山上，小河边，草地上，成为一棵树的样子，成为一片森林，成为它们自己。我们偶然坠落于人间，在城市，在乡村，在田野，我们也想成为一棵树的样子，成为我们自己。它们浩养万物精气，是为了给我们的生活带来无数便利。在无限的给予中，我们有过膨胀的贪婪。一些恶果的惩罚之后，我们需要重新构建各自生命的状态。

世界本来的样子应该是这样，人与自然的去向各有归宿，互相依存和信赖。我的笔墨游走在一堆宣纸之上，恍然像是摸在某块木头上。木头仿佛天生具有安抚人身心的某种特质，温暖，踏实，可靠。我想起了长在一个小镇旁边的许多柳树，有人告诉我说那是纸的原材料。人间万事万物的相通，在这一刻通过我的感知和触觉得以证实。人类被木头归顺过的生活里，一直携带着树木森森的香气，让我在某一个时刻，深刻地想成为一块会害羞的木头。

纵然是钢筋水泥的房子代替了木房子，成为城市里的另一种森林，也成为乡村的新风貌。但人们对木头的怀念，一直以各种各样的方式存在。仿制的木纹地板、木质家具、木玩偶等，木头就像时时都住在我们的身体里。我们依着它，生长，生存。

如今，我每天离不开的茶叶，像是已经习惯在心底种上一棵古茶树。每当茶与水相融，它们的清澈与甘洌，会让我的油腻与衰老暂时停止奔跑。在安静的晨昏，梦回一种情态，山高水长，水流云在。

像是捧着一杯茶，我就能以木头的思维进入时间的纹路。当一把木梳子别在我的头发上，我却四处寻找它，直到一面镜子告诉我真相。骑着马去找马的日子，终于要来了。如果在将来，人的骨灰都可以撒在某一棵树下，长成一棵树的一部分，即使死了，也可以当成柴火烧，敢情也是好的。

生生之火

1

电话铃声骤响时，我在梦中。梦里有一个人举着火把，我在高低不平的山路上奔走，肩膀上挑着一对桶，桶里的水一直在往外泼洒，只剩下半桶了，想着回到家里该怎么向母亲交代。我回头想看清举着火把的人的面孔，他到底是我父亲，还是我爷爷，可是我连半张脸都看不见。母亲曾说过，运气不好又身体虚弱时，若是梦见死去的人，只能看见半张脸。

慢点，慢点，上这个坡要慢点。我听出来了，是我伯父。伯父已经死去多年了，他是一个傻子，被一场愚昧祸害成的傻子。一个中暑的孩子在一把震天而响的火药枪里的臣服，让悲剧长久地笼罩着一个家庭的非正常生活。这是我爷爷在当提吊[①]时发生的事情，上山的吉时就要到了，两岁不到的娃昏厥过去，人事不省。一时之间慌乱无主的爷爷和奶奶接受了村子里的老人说是鬼魂附体的说法，需要用大响声来震慑和驱除。他们请来村子里的保长，用火药枪擦靠着娃的耳朵皮向天连打了三枪，娃果真醒了。爷爷和奶奶欢天喜地，一个送老人上山，一个带娃回家。慢慢地，他们才发现，这震成一个傻子的孩子，连裤子的倒正和鞋子的左右都难以分清，可他们又怨得了谁呢。

伯父一生只会三样活计——挑水、搂松毛、找猪菜，且每一样都做得潦草不堪。四平村的人逗乐我伯父时，总这么说，小六斤，我带你说个媳妇克。而我伯父必定要在第一时间躲到门背后，吓得半天不敢出来。这种类似于猫捉老鼠的游戏在四平村进行了许多年，直到他死去。难道我的伯父去另一个世界就变聪明了吗？还没等我问出口，母亲的电话就打来了。

鸡啄狗咬、猪喊人叫的声音从空旷的夜里传来，瘆人得紧。我的身体和心顿时蜷缩成一个麻团，满地乱滚。母亲说，火烧房

① 提吊：办丧事的主事人。

子了，你们快回来。天呀，我一骨碌就从床上爬起，边穿衣服，边鬼喊辣叫[①]。他说，淡定，淡定，你能淡定些吗。我说，火烧房子了，火烧我家的房子了，我能淡定吗。最后一句，有些像惊雷。他曾说过，我是一个在电话里也能射出飞镖的女人。此时，我好想在电话里能喷出一个海，扑灭四平村正在熊熊燃烧的大火。

再打母亲电话，一直接不通，我的手开始不听使唤。头脑里的发散思维更像大树一样茂密伸展，遮盖得四处无光。母亲是个性急的人，她会不顾危险地做一些她认为对的事情。他貌似冷静地开着车，我在旁边不断催促，快点，快点，你快点！这些年，我一直不敢启用静音模式，我害怕我的亲人们在需要我时，他们找不到我。还好，我接到母亲的电话了。

越是着急，他越把路开错了。经常走的路，他居然开错了。左边是去西泽的路，右边是去龙潭的路。他说，错了我们折回来就是。我的鬼火已经在心口和头顶上绿焰烈烈了，我用双手捂住胸口努力克制自己。马上想起来，还应该做一些事情。拨通火警电话，说已经出警。在一片漆黑的磨盘山上，我看见了红色的火警车，因为负重前进，它行驶得像蜗牛，我的心更急得像大雨来临前搬家的蚂蚁。我担心它到得太晚，我家的房子就没了。又打

① 鬼喊辣叫：大喊大叫。滇东北部地区方言。

了乡政府电话，回答说他们已经组织人力去扑救了。心得稍微安心下来。

小心火烛，小心火边。即使时时挂在嘴上，也不能阻止那些火星子会遇见什么干柴碎草，会吹来什么东风西风。我一路在揣测着这次失火的原因，乡村里的老房子失火，山火，野火，这是常发事情。不知所起，一如往常。四平村上一次房子失火是五年前了，大白天的，一个属龙的街子天[①]。西泽的乡街子逢属龙和属狗赶场。冬天的北风有点紧，过年的欢喜也有点急。邻居李氏大伯去乡街子上买过年的东西，剩下九十高龄的大妈在家。我熟悉的场景，为了方便两人拢火，柴火都放在火塘边。已经开始糊涂的大妈，最是记得生火这件事，每天都把炉火烧得旺旺的，取暖，煮食。有个火，家就是家的样子了。远飞了的儿女们逢年过节回来探望，剩余的日子都是两个老伙计在家。

这一幢砖木结构的房子曾是八十年代美人河边最体面的房子，扯了水泥浇灌的外阳台，内廊有几根粗壮的圆柱子。父母亲是为他们的两个儿子的将来做打算，一人一间，至于女儿们，迟早都是要嫁人的，砍一棵大树做些嫁妆，就算是打发女儿们出嫁的好家底了。联排的房子一共五间，李氏两兄弟三间，我们家两间。

① 街子天：赶集的日子。滇东北部地区方言。

框架起来了，父母亲因为一直要抚养读书娃，便无钱去收拾里屋子。家里生产的粮食也就有了一个宽敞的去处，苞谷和豆子挂满了楼棱[①]，洋芋堆成小山峰，烤烟占满了两间屋子的一楼，家里的箩啊筐啊都有了一个新家。

房子是好强的母亲执意的产物。起因是，有一次她把一个大箩放在另一个伯父家没收拾的新房子里，伯父看见，顺口就说，有本事嘛自己盖去，别来这里抢占人家的地盘。母亲去关猪时，刚好听见这句话。于是乎，盖新房子的计划就开始了，她跟父亲说，人争一口气，佛争一炷香，我们要盖就盖比这体面的大房子去。几年后，就与老李家兄弟合计着有了那一排大房子。

那一次我赶回家时，火灾已经结束了。母亲挑着桶在处理余火，她指望还能在火堆里救出些能喂猪的粮食。她一边挑水，一边哭，一边咒。咒我大伯为何不好好在家照顾我大妈，非要去街上收脚迹、还殃沙。这都是骂人的恶毒话，收脚迹是快要死的人去他走过的地方转一圈，是临死的征兆。还殃沙是已经死去的人在送上山后要回阳间还魂一次，撒些青灰，用篾罩子罩着，第二天看青灰上的痕迹，得知他在阴间去了哪里。有铁链子印记的，说明他在阳间罪恶大，要去十八层地狱。有宝塔莲花印记的，说明他上了天堂，

① 楼棱：云南木楼上的楼杆。

到极乐世界享清福去了。

那是一个冬天的早晨，我接到电话的第一句话是赶紧先把奶奶背出去。奶奶已经卧床一个多月了。母亲说，烧的是新房子，你奶奶还好好睡着呢。听见这话，我心安大半，无非就是些财产的损失嘛，只要人好好的，就什么都能重来。没想到的是，大妈烧死在里面了。新房子与村子的老房子相距一条水沟，待人们发现火灾时，已经完全失控了。母亲还不顾危险爬到楼上，拼命地把几挂苞谷往后窗丢出来。她才出门来，门框就轰然倒塌了。

那是父母亲一辈子的心血，八十年代他们背钱越债[①]盖下的，价值两万多的房子，母亲不可能不心疼。见到我，她把扁担往后一搁，坐在地上放声痛哭。除了能跟着她哭一场，我不知道还能做什么。天空灰暗暗的，冷叽叽的水钻进母亲的解放鞋里，钻进她的裤腿里，她全然没有了知觉。我脱下她的鞋子，血。我看见一鞋子里都是血，一枚锈钉子穿进鞋底进入她的脚底板，而她像是完全没了知觉。为了抢救粮食和房子，我的母亲已然忘记了她的肉身。

母亲生气时就想去找大伯的麻烦，极尽难听话去咒骂他。如果咒骂能让她心里舒坦一些，就让她好生发泄发泄吧。但我和弟弟们都说，人家里都烧死人了，就别再去人前说什么了。母亲把

① 背钱越债：指负债累累。滇东北部地区方言。

这口糟心气咽下。后来又咽不下另一口难受气。大伯家通过什么途径获得了一些救助，而母亲没有。一介小文人的话，不如一阵轻烟。不，那时候，我还没有开始写作呢。我恨自己没本事，就像我一个当医生的朋友恨自己没本事，我们是一样的货色。那些年，他的父母一心想吃个低保，为在村子里与老人们闲聊时觉得有面子，好歹我也是有关系的人，你看我能吃低保。这样的钻营，令我们觉得丢失了尊严和气节。这一点，我赞赏母亲的做法，父亲去世后，曾有人来问她是否愿意吃个低保，说她是单边老人，按当时可以享受国家政策了。母亲说，我有脚有手，还有姑娘儿子养着，我为什么要吃低保白占国家的便宜呢？母亲咽不下的气，在她自我认定的公平和正义面前，刮几头风也就过去了，她更遵从于勤劳和善良的召唤。

大妈的下半身已经被火烧得没有了，道士用稻草做了一个假的下身，还她一个全尸，装棺入殓，进入死亡的最后仪式。她的儿孙成行跪在棺材前面，一片白色的哀恸。一个高龄尚不得善终的老人，这对于活着的人更是一种莫大的悲伤。她一生三嫁的苦凉人生，最终在一场火里化了。如果真有另一个世界，她是否可以成为一只涅槃的老凤凰，羽化成仙。

失去五间房子的痛，被分割成几种，母亲的、大伯二伯家的。到了我这里，都减轻了许多。劝慰母亲的话却只有一句：旧的不去，新的不来。在母亲那里被概括为一句，她爆了句粗口：你一个两个，都是一样屌也认不得的憨货。她的一纱一线，一砖一木，一人一心，都化在虚无里。从父亲到房子，她的痛，我们代替不了。我们沉默在她的一把鼻涕一把眼泪里，任她咒骂。

那边，乌乌泱泱的一群人把死了的人吹吹打打送上山，生活依旧进行。这边，奶奶正在通往仙界的路上。她不知房子被火烧了，问我要水喝，一次又一次，她说，她太渴了，嗓子和肚子都有团火似的。给她喝热水，她说是火上浇油，火燎燎的太难受。可是我更不敢给她喝冷水啊，我兑了一些热水进去，端给她，咕咚咕咚几口就喝完了。我听说过，村子里有老人临死前也是想喝冷水的。但我也听说过，男怕生日前，女怕生日后，这是村间总结出来的老人们临死前的一种防范常识。奶奶的生日，是正月十六。那一天，她就满满九十岁了。

那个年，过得很寡淡。自从父亲去世后，每一个年都很寡淡。此年尤甚，家中失火，毁坏了他们一生的心血，奶奶临终，仿佛所有的日子都破碎了。正月初五，奶奶仙逝，屋舍失色，全家向隅。送奶奶上山后，家里空落落的。我习惯了一进门就叫一声“奶奶”，从小到大，推门的第一声就是“奶奶”。一个烧得旺旺的炉火放在堂屋中间，这是送奶奶的最后一个仪式，用这拢火来煮些糖水鸡蛋，端给奶奶的儿孙们，像是告别苦难，开启甜蜜的一种向往。

可是苦难并不会因此而结束。楼上的供桌，供奉着天地君亲师位，祖宗们的灵位按秩序摆放。除了对天地神灵、君亲师位的敬畏，我更觉得供奉的是一个家庭的苦难史。叙述他们中的任何一个，都让我心痛。炉火扯着蓝色的焰，它们不知道我家的伤心事。初春的天气，还透着入骨的冷，我们向火而聚。沉默，像无边的黑夜，吞噬四平村，吞噬我们。

火，给我们温暖，给我们煮熟的食物，也给我们灾难。家族中一个姑母嫁到后山梁子，她居住的叫向阳的小村子失火数次，一村子的房子烧得不剩片瓦，我跟着父母去送铺盖行李和粮食，曾有过一次深刻的记忆。姑母正在悲痛中，看见亲人，喜极而泣，雪中送炭的娘家人给了姑母最大的力量。每一次烧毁房子后，他们都以惊人的速度盖起了新房子，接着过起自己红红火火的日子。正如这个村子的名字，向阳。他们还给这多灾多难的日子找到一种宿命的说法，说是村子的名字和村子的风水向山太旺相，村子会越烧越红火的。这个谎言有些令人疼痛，但他们就是在这种貌似认命的古老生存法则下，一次又一次地重建自己的家园。

如今，姑母年老了，她居住的小村子成了新农村建设的典范，常常会有摄影师光临。年轻时曾经美貌的姑母，一不小心就入了镜头，她那长满皱纹的脸上依然有两抹岁月的红色，让我误以为那是太阳和火光的印记。姑母笑得很好看，她拉着我的手说，我这瘪头瞎怪的老脸，都不能出去见人了，认不得人家咋个要拿个黑乎乎的长家伙对着我，说是照相。背时格格[①]了，那些年说是照相就会掉魂的，我怕是魂也早就着照掉完了。

崎岖的山路像是没有个尽头，我的记忆也像老房子失了火似的。儿子的脸是在四平村被烫伤的。一岁多正在学走路的娃娃，跌在刚从火上端下来的高压锅上，半边脸贴上去，一个哭得好声音都没有了的娃娃，让父母亲的心都疼碎了。他们轮流背着抱着哄着，每天擦鹅油和狗油，指望着先别让我看见，等伤疤好些时，也许能减轻些我的疼痛。他们瞒着我，以各种理由阻止我回家。也就是在那一个周六，父亲捂住气急的心口，一句话也没有留下就走了。

如今，我每看见一些对心脏病突发有奇效的药品，就浑身难受。心脏病，一直只是我们的揣测，母亲说，父亲捂住胸口一直叫疼。医生说，要知道父亲的死因，就要解剖尸体，可是，我们舍不得让父亲再疼一次啊。既然任何真相也不能让父亲复活，那么就让他安静一些吧。“医闹”正在盛行，而我们选择了沉默，在无限悲痛的沉默中，洞见人性的幽暗和滑稽。

我一直觉得我是个有罪的人，对于父亲的生命，我是间接的凶

---

① 背时格格：指过时；不合时宜。此处有感叹的意思。滇东北部地区方言。

手。如果不是我们的日子太窘迫，请不起保姆，以至要把孩子交给他们带，结果也许不会是这样。然而，太多的如果，都换不回父亲的生命了。每当看见我不能饶恕自己时，母亲就说，别难过，带大你们姐弟几个，也从没听见他称呼过谁宝宝贝贝的，但这个小东西让你父亲想进心肝去了。奈何这天伦之乐，父亲才得享几日呀！

我想起了二舅面目全非的脸，五官都没有在正常的位置，嘴和胸脯扯连在一起，不自觉流淌的口水让他的身体常年有腐朽的异味。十个指头，被烧成两个变形的半拳，一直想握住什么，一直什么也握不住。害怕和害羞让他变得性格乖戾，他与他的羊群一起活在社会的最底层，一生挣扎在“活着”两个字里。外婆才出门摘一把豆子的工夫，熟睡醒来的孩子就掉进火塘里，一身惨状，该如何让他活下来呀。

外婆哭干了眼泪，带着孩子四处问药，总算是让二舅活了下来。外婆只要向外人开口这一句，我那个带残疾的儿嘛，就满脸泪水。她用一生的时间来护持她的二儿子，分开大儿、小儿，自己带着二儿子讨生活。为了让二儿子说上个媳妇，她走遍四山梁子和十里横沟，总算是达成这个心愿。外婆像是有弥补不完的亏欠，她穷尽一生都还放不下那一个敞开的火塘，怨自己为何不背着孩子一起去摘豆子。

年年月月的日头火头，一天天在过着，无论怎么小心，总是有倒霉的事情发生。只是每一个人都不曾想过，这倒霉的事会降临到自己的头上。二舅的脸在我眼前变换，他笑，他怒，他哭，他恨，都拉扯着我的神经。事实上，在家家离不得火的日子里，每一个村子里都有被火烫伤的娃，重伤的轻伤的。只是二舅不幸成为很严重的那一个，成为外婆一生的辣疼[①]。

在这一个深夜狂奔的山路上，往事就像万花筒，在不停的颠簸中让我失魂落魄。黑暗中，四平村离我越来越近了，还隔着几道山梁子，我就看见了火光。冲天的火光映红了天际，我的心像是掉进了火里，我听见它正在爆炸的声音。快点，快点，开快点！我感觉他手里的方向盘正在剧烈地颤抖，下坡的地方，他没有松过油门。

快到了，快到了！美人河边的公路稍微平坦笔直些了，车像是顿时飞了起来。还隔着老远的距离，就听见村口的河边猪、牛、羊们的声音，它们在空旷的青山两岸之间揪心地叫着。火光冲天，人声鼎沸，被烧的竹子像鞭炮一样炸裂的响声。

一村子的竹林，房前屋后都是。它们是四平村人闲暇时的盐巴钱和做活路的工具。他们编制各种竹质的生产用具，自己用的、卖的、换的。箩和筐用来盛装东西，篱笆用来做菜园子的隔离带，竹

① 辣疼：指心疼；疼爱，怜惜，惋惜。滇东北部地区方言。

竿用来晒衣服和打核桃、板栗。我看见大火熊熊的地方，正是我家的房子。火光照亮了从河边进村子的路，我跌跌撞撞地奔向火光。

妈，妈，妈！我喊了几声，没有人答应我，也没有人看见我，他们都在忙着救火。从小陪伴我长大的柿子树正在火中燃烧，它就像一个巨大的火把，迎着黑天狂风，给我的童年喊魂。水，水……粪水，粪水……快点，快点，快点……凌乱的现场，处处人喊马嘶。在救大火时，水显得更具有油的品质。密不透风的粪池里的臭水，对火的抑制更有效果。村子里的所有粪池都被打开了，污物臭水成了大火的临时克星。火正在烧我三叔家的烤房，它连着我家的房子。我忙不得找妈，赶紧投入提粪水大军中，人传人，一桶一桶地传递过去。

乡政府组织的救火人员有三十多个，他们爬到房梁上，一些在往下浇粪水，一些在将淋湿了的棉被放在墙壁和瓦片上，防止火舌子蹿过来。那个百年的老院子已经全部烧光了。童年，我们在大天井和后花园里度过了多少难忘的白天和夜晚呀。关牲口的圈门上也雕着牡丹花的老房子，昭显着祖先们的勤劳、智慧和曾经的富足。

四平村有矿，我蓦然一惊，才发现这个奇怪的真相。那时，方圆数十里的村子盖房子的瓦片都由四平村供给，村前头的对门山上有种矿物，我们叫它窑泥巴。青壮年们一些人在土地里劳作，一些人在瓦厂上干活，通过许多工序做出来的瓦片在火里煅烧，成为起房的必需品。出窑了，瓦片出窑了。马车、牛车就挤满了瓦厂边。到了年底，分红就有了好利头。母亲说，那时候一个家庭在好的年成能分到四百多块钱，这是一个多么巨大的数额呀。勤劳造就了四平村的富足，就有了一个大院子，古风建筑的大院子。

瓦片大片大片地往下落，破了碎了的掉在火里，冒起新的火焰。水、喊声、火光，交融在一起，没有人在哭，一个也没有，人人都忙不得哭。在无情的灾难面前，眼泪是最不值钱的东西。好一阵叮叮当当的忙乱中，火势像是得到了控制，每几个人得令控制住一个个火蹿点。渐小下来的火，适宜用水了，可惜水又不得便儿[①]了，正值干旱季节，像麻线一样细流的水，让人失去耐心。有人忙着去打开蓄水池，爬到池子的顶端去打水，吩咐所有人家的水管全打开，不管粗细，接得一桶送一桶。也有人去石洞里取水。源源不断的水，用来浇灭一簇簇火。终于，火警的车来了，却只能到达河边，村子里的路太狭窄了。一根巨长巨粗的管子，在消防队员的手中，迅速把水传递到最前线。火，终于彻底得到控制了。

我从村子走了一圈，到处堆放的是粮食和柜子，他们把家里能搬的东西都搬出来了。穿得单衣薄片的二爷爷在寒冷中颤抖，

① 得便儿：方便。滇东北部地区方言。

他指着还燃烧未尽的棺材板板说，我的房子，我的房子。他跛了一只脚的儿子说，房子，房子，几块板板嘛，差点连命都没有了，还房子。才知他是在睡梦中，被儿子从被窝里背出来的。背出来了，他还挣扎着想进去拿他的钱。他每天编制箧箩，一个卖得十一块，这几年积攒下了两万多块钱，都放在枕头里，可火势已经容不得人再冲进去了。

盘点村子里的人时，发现少了冬姑奶奶，一个招亲在家的姑奶奶，七十六岁了。火就是从她家里起来的。她的儿子叫魂一样到处找妈，才发现她一个人在竹林里哭，像个犯了天大错误的孩子。有人开始骂她，有人又阻止了这件事。好在，一个人也没有少，大家稍微松了口气。母亲见到我，叫了一声我的小名，转身就去找她的猪了。猪圈已经被烧毁，她去打开圈门想把猪撵出来时，有一头猪赖着不出门。母亲急了，她迅速想起老人们传下的话，去供桌上把神位先请出来，那猪就自然跑出来了。

火光基本萎了下去，三爷爷开始往家里搬东西。村子里着火时，他一口气就往肩膀上扛出去的一袋大米，东京麻袋[①]里的大米，九十公斤的计量，现在他足足分了三次才把它们弄回家里。所幸家中完好，他长长地舒了口气，说那会儿不知从哪来的力气，只

① 东京麻袋：指装粮食的粗麻大口袋。滇东北部地区方言。

想着能搬出一点是一点，即使房子烧毁了，也还能将就着有些吃的。

忙忙碌碌的一夜，黎明时，一片狼藉的村子像碎了的玻璃碴子，每看一处，都能刺伤眼球和心脏。消防队员还没有走，他理着皮管，在处理最后的余火。有人告诉我，他是一个立过功的救火英雄。他并不高大英俊的外形，在我心里一时就树起了一座丰碑。

2

那一次火灾后，我一直在担心烧毁房子的人家该怎么建盖起新房子，想着他们在风中的日子如何度过。母亲说，人克人，克不着，就怕天克人。这回是天克人了，但也克不了，一个个健康的大活人，有手有脚有力气的，怕什么呢。只怕老天要把绝症和死亡落在谁头上，让人活不得了，这才是真正地克人啊。

母亲先把猪寄关在族间另一伯父家的猪圈里，四头猪极不情愿地在棍棒和吆喝中住进陌生的房子。隔着一大片废墟，不时听到两伙猪在圈里互咬的惨叫声。伯父还专门拿根棍子守在圈门口好几天，他像个没什么经验的老判官，哪头猪先挑衅，他就打哪头。但战争还是无法避免，它们发生在伯父打盹时，吃饭时，或是夜里。好像谁也没有讨得什么便宜，虽然分主场和客场，但毕竟是母亲的四头猪与伯父家的三头猪的对峙。它们不是人，不知道怜惜同类的悲惨处境，不知道一场大火让同类失去了家园。不过，几天之后，它们便也渐渐看彼此顺眼些了。人与动物的属性从来不曾变过，对于异物的入侵通常保持高度的警惕，改变不了时，就尝试妥协。

这边，母亲却一天也坐不住了，她拉来空心砖，伐来新木头，请来我的舅舅们，开始了新猪圈的重建。半个月的时间，猪的新房子框架就盖好了，母亲还改造了猪圈的粪池。猪的新房子变成了新式样，脏了，挑两挑水一冲，一个猪圈就清爽了。而不是原来的一圈粪草，只等一年春耕备耕时才能彻底清理一回。母亲看着渐渐长疤的猪耳朵，满意地笑了。

一场灾难，四平村的人来不及悲天怨人，就投入到新生活的热情建设中。就像他们面对自己的生死时说的，沟边死了沟边埋，路边死了路边抬，哪里的黄土不能埋人嘛。一年后，一幢幢新房子拔地而起，钢筋水泥，外墙壁光鲜明亮，一些上了彩漆，一些贴了瓷砖，与城里的房子并无二致，我心中一片欢喜。母亲说，这些年大家在外面打工，多多少少都有了些积蓄。勤劳在我的父老乡亲们的身上是一种深植的品质，他们让“悲惨”无处藏身。

搬新居时，讲究个仪式，这是四平村历来的传统。火先行，意味着红红火火的日子开始了。烧一炉旺旺的火，由男主人提着先进门，再煮一碗用糯米做的汤圆吃下去。新的日子就这样来临了。他们守着各自的岁月，开始自求新的圆满。我站在这些漂亮的房子前面，想起的不是诸如“推陈出新”这样的成语，而是他们挂在嘴边，我也曾安慰过母亲的那一句：旧的不去，新的不来。人们因为守着旧的，害怕改变，一旦意外来临，逼着人们改变时，旧貌换了新颜，又有了别样的活法。像是遵照着一些古老而朴素的辩证法，又像是对无奈生活的一种自我调节。每当四平村的人不小心失去了什么时，旁边的人总是会拿出这一句：旧的不去，新的不来。它像万金油一样，涂抹在哪里，都能迅速止疼止痒。就连对一个媳妇跟人跑了的人，在他重娶了新娘，又开启新生活，并且看上去新妇比旧人还顺眼时，人们也要说这一句。

一场大火烧毁了旧物。一些值钱的旧物或是钱本身都化为了灰烬。其中有一家人的楼上，摆放着清朝时的一块匾额，是女主人在百年寿辰时收到的贵重祝福，一块用白银成字成像的匾额。这些年从未被人提及过，她的后世子孙们，从无一人提及。一块落了灰的匾额放在阁楼上，等待一场熊熊燃烧的大火，来勾起后世子孙对她的种种怀念。在一念一想之间，有关那个老人一生的故事就被村子里的一些上了年纪的人晒了出来，有人还依稀记得它的出处，但又记得不甚清晰，总之是一块荣誉的匾额，贵重的匾额。剩下的无非是一些厚德才能载动的往事，才使得这块匾额有了安身立命的资本。

子孙们曾扒着那堆灰烬，想要找到一些影子。有读书人搬出物理学的知识，猜想白银在高温下的状态，说得云里雾里，总之是不见一点影子了。四平村活着的人中，已经没有人记得这位老祖公[1]的模样了，就连墓碑上的字迹都被风化得很模糊了，以至于子孙们说起她的名字还有些不大不小的争执。也难怪，在死去的先人中，女人们都被称作“某氏孺人”。她们的芳名，早与墓碑上的石头一起风化了。

人们在生活中忽视了的许多东西，一时就被一场大火唤醒了。比如，老祖公们为了修建那幢古老的建筑，上贵州下四川，请来的匠人都是能工巧匠，前廊、广厦、后花园，石坎子、石凳子，处处是精细的技艺。被他们雕琢过的木头都在一场火里，化了。多年以后，我一同学有一个关于修复古村落建筑的项目资金消息时，她还记得那个古老的院子，我在电话里告诉她失火的往事。我们的遗憾，在电话里化为各自珍重。除此，老祖公们还用在瓦厂上挣得的银子，去峨眉山上请了一尊连体的佛像回来，在村旁的半山腰上建了一座白色庙宇，供奉四平村的信仰。直到那尊神像被人当作文物盗走，四平村人在声声叹息中，依靠一些听来的谣传安慰自己。大致的传说是，偷盗的人受到了神灵的惩罚什么的。这些不着相的传言，没有人考证过它们的真伪，就像善恶应该开出不同的花，说说比比，也就算是了了一桩悬在心上的旧事。

① 老祖公：云南方言中指祖先，一切已去世的先辈。

才几年的时间，四平村像是变成了另一个四平村。一场火灾告别了四平村的旧年旧岁，仿佛村子里有了新榜样，人们对居所的要求就忽然高了许多。土墙和瓦屋在瓷砖、彩漆大房子面前顿时显得矮小和简陋，住的人也渐渐只剩一些上了年纪的老人。自来水、太阳能，甚至宽带网络，一样样刷新了老人们的认知。有时，瓦屋被猫蹬漏雨了，连找片新瓦来换了的可能都越来越小。也许有一天这些房子也将像河边的瓦厂一样，自然地消亡。

如此，所有的灾难也并非全是坏事。四平村的女人们坐在树荫下使针线时，最自豪的一句话是：这几间大房子是在我手头操心盖起来的。至于欠下的债务都在她们每天的汗水里逐年递减，终于为零时，她们会给自己添件新衣裳，互相拉着比着，鉴别是什么料子。从前的灯芯绒、卡其布、的确良，早已成了一种影子的传说。衣服的价格通常也就是几十块一件，如果有人敢买了一百多块一件的，她们必然有人要说，你真舍得下手呀。她们的手里，握着一家人的生活，样样需要精打细算。

进了每家的屋子，都有一个新式的炉子，四平村的人叫回风炉，炉子上常年放着一个茶壶。进了谁家的屋子，第一件事是上茶。仿佛只要家里有了火，生活就会有一个安稳的着落。但如何利用这火，到底要吃尽多少生亏才能慢慢掌握一些本领啊。事实上，即使人们掌握了使用火的技术，也依然逃脱不了一些厄运。人类从最初害怕火，到懂得利用火来为自己造福，至如今，也还有许多未知，需要不断认知。好在，人类的主观能动性在一切灾难面前都能发挥到极致，我在母亲和父老乡亲们身上，看见过这种惊人的力量。

3

许多年了，我的春天都是从四平村开始。岁末，四通八达的交通运载着不同的思念和向往，从异乡回归故土，或是从故乡逃离出行，去追赶和安置自我的身心。一场春天的节日，盛大、喜庆、凌乱。

四平村家家户户的日子，在每天的一拢火里开启了。母亲在院子里生起了几个火炉，青烟子过完，火炉里红通通亮堂堂地欢快起来。杀鸡、砍肉、扣菜，蒸的煮的炸的，都一一在准备中。我家的门头上挂着一块镜子，包裹镜子的红布都变成了黑布。它神秘而庄重，我曾小声问过我奶奶，她指了指住在对屋的小爷爷，又指了指窗口对着的一面大红悬崖，大略的意思是为了克火。关于这些，我一直处于懵懂状态，从前是，如今亦是，像是蒙昧还未被开启过。但凡对于不懂的东西，我更愿意心存十分敬畏。我奶奶说这些的时候，声音压得很低，像是害怕惊动了什么神仙。

那面大红悬崖上有个黑乎乎的洞，是蝙蝠的居所，黄昏时，它们会偶尔光临四平村，在竹林里飞翔，或是倒挂在某家的屋檐下。对于异端的入侵，主妇们抱着恐惧和检省的态度，小心地拴上一根红线，碎碎念叨上苍保福护佑。蛇、蛤蟆、蝙蝠、螳螂都来过，但凡它们脱离各自的居所，来到某家的屋檐下，都会被视为一种异象，成为另一种提醒。这些异象与生活的经验互为验证，有时对了，有时又错了。为了他们心中的“百事大吉”，他们小心地遵循着自我认定的种种戒律。

弟弟切开腕口[①]那一刀火腿，一朵红艳艳的花朵立现，我说，像一朵牡丹花。妹妹说，像一朵玫瑰花。母亲说，明明就是像一棵大白菜嘛。两个理工男左看右看，说，什么也不像呀，它就只是火腿嘛。看着炉子上扯着蓝焰正在跳动的火，再看看这只形似琵琶，身披绿毛，切开一刀，里面火红的宣威火腿。我不知道，它为什么会被叫作“火腿”。猪身上的腿，如何与“火”联系在一起，成为火腿。查阅了一些资料，并无十分确切的答案，大致都在推测因为它色泽鲜艳如火而得名。

宣威人的火腿，在孙中山先生的“饮和食德”里，在一场国际博览会上，在一个少年的马帮里，成为享誉中华的“宣威火腿”。家家户户在十冬腊月就进入了一场场“猪”事里，喂了一年的肥猪出栏了，一些卖了换孩子们的学费，留下一头，四只腿发酵腌制成火腿。猪心、猪肝、猪腰、猪肠、猪耳朵，炮制出不同的美

① 腕口：火腿部位，肘部上端肉质最好的部分。

食，摆成一桌桌有排场的杀猪饭。火腿，一些进入自家人的肚子里，另一些用来馈赠最贵重的亲戚，或是卖了成为应急的花销。火腿，更像是每一个家庭的临时存款，它们挂在屋檐下，烟熏，火燎，风吹，在端午节后，成为一个个家庭的希望。这世界上，大概不会有哪一个火车站出现过这样的场景，许多人把火腿装进蛇皮口袋里，扛在肩头上，踏上一列北上或是南下的列车，去走亲戚，去闯世界。

杀猪的时候，主妇要给猪烧上三份纸钱，虔诚地点燃，等火光在一只碗里萎去，用祭奠祖宗神灵的方式，泼洒在房后的屋檐下。儿时的黄昏，我总觉得那里蹲满了可疑的影子，在我转身时，它们就会魂附我身。母亲已经好几年没养猪了，肉，都是舅舅姨妈们馈赠的，它们火红地堆放在盆里。想起儿时的楼上挂了好多肉，后来在书里读到“肉林”两个字，我没法与堕落联系在一起，因为它们是我们最真实最朴素的生活。

中午时的艳阳被几阵大风吹走了，天空渐变，竟是越来越冷了。天气预报里说有雪，但我对此尚存疑惑。妹妹从外面挑了一篮子白菜进屋，嘶哈[①]着，抖抖擞擞地搓着双手。母亲在每一只炉子上都放上了不同的锅，热气腾腾的院子里充满了欢喜。孩子们出出进进，大人们絮絮叨叨。年，就这样来了，一年，就马上要过去了。

① 嘶哈：天冷时倒抽冷气又张口呼气。滇东北部地区方言。

电磁炉上煮着一只鸡，与火相比，它显得优雅文静。电代替了火之后，难怪高楼里的烟火气息也就渐渐淡了。火聚生气，火聚人气。

春晚未尽，停电，有雪来临。我已经习惯了在这个小山村里过年停电，母亲拿出一对红烛，另一种火光在黑暗中闪着微芒。父亲在世时，这一个“停电了”的声音，必然会有许多喊到家门口，像是父亲这个老电工的手里真掌握着光明的开关。往年，我必然要咋咋呼呼地打一通电话，还要带着控诉的腔调，质疑别人把我们的欢乐阻挡了。今年，大家都很平静。出门看雪，看雪花在夜空里飞舞。一道电筒的光射进茫茫的黑暗里，光遇见近物，被挡了回来；光进入空中，被黑暗吸引，见不到终点。少年说，妈妈，你还是打一个电话试试吧，天太冷了。炉子里的火已经快萎了，烧着一些洗脚的水。随即他又说，还是别打了，我们都这么冷，那些要抢修线路的工人，他们更冷啊。

嘻嘻哈哈地玩雪，拍雪。已是深夜了，在竹林里总会传来四方的声音，我们在一场雪里同享欢喜。躺在床上，整夜无眠，听竹折的声音。一棵竹子在骨折中死去，又一棵竹子在骨折中死去。歌颂它们的腔调里，必然会有一句“宁折不弯”。就像人们歌颂青松的高洁时，依然是雪后的“挺且直”。万事万物在自己的规律里，被人们按照自己的意思曲解，或是和解。它们，无词。而人类，何患无“词”呀。

母亲习惯早起。等我下楼时，炉火已经烧得旺旺的了，她正忙着给楼上的“天地君亲师位”焖斋饭。饭每天都要重煮新鲜的，肉可以重复使用。一块四方的、带骨的、肥瘦相间的肉，庄严地放在一只碗里，成为母亲口中的“盘福”，意为盘来一年的福气。四平村家家户户的供品里，最是少不得这道“盘福”，人们代代相传，时时恭敬。母亲在火里放三个石头，石头是从河里捡来的，要圆的、好看的，每家在年三十那天都让孩子们去捡这种石头。美人河里有各种各样的鹅卵石，村子里的人叫它们为恶浪石，大人小孩子们在说到想打人时，会说，我太想给你一恶浪石了。一直觉得恶浪石比鹅卵石更有意思，鹅卵石太过诗意和温柔，恶浪石才是这山高谷深处最真实的写意。当美人河里涨大水的时候，一个恶浪接着一个恶浪，那些石头就有了不同的棱角。洪水退去，石头们各有去处，一些在岸边悠闲，一些在水里与鱼儿们一起游荡。

石头烧得红通通的时候，母亲用火钳把它们夹放在一个锑瓢里，瓢里柏香枝的清香味随着青烟四处流窜。母亲另一只手端着一碗水，灶前，门前，供桌前，每到一处，就洒一次水在瓢里。“呲”的一声，水汽冒起，母亲念一句“清吉平安”。然后，点香，磕头，烧纸钱。母亲每一次点火烧纸钱，必须最先从灶前开始，这是对火的敬畏。有了火，才有了吃法，才有了生生不息的日子。

四平村没有过大规模的祭火仪式，每家每户都以这种方法来祭火。三十晚上，一到子时，河边就响起了鞭炮的声音。那是村长带着一班人去举行一个简约的“请水”仪式。父亲在时，由他主持，我们跟着热闹。放完鞭炮，要挑两桶水回来。现在是我的四叔在主持，他一声呼喊，村子里的一帮人就挑着桶去了美人河边。祭火、请水、祈福，每一件都是过年的大事。每年农历六月二十四，那是彝族人民的火把节，他们要举行神圣的祭火仪式，搞得十分隆重和神秘。不同民族对火的敬畏和崇拜都有各自不同的表达，汉族人民在各地也有各自相同或是不同的表达。

火在人们的生活中被忽视着，等电没有了，才意识到火有那么重要。母亲必然要说起没有电的年代，在煤油灯下，在一把明子火里，纳鞋底、纺麻线、剁猪菜，张罗一家人的生活。许多故事从遥远的年代走来，恍若隔世。清苦，忧伤，欢乐，全都成了与生活抗争的乐趣。

网络里火起了一个李子柒，她有众多的粉丝。我在微信圈里，粗略知道一些她的故事。城市里的人说起她，像是崇拜神一样。少年亦是，他对我没有粉她表示不理解。我说，我粉你的外婆呀。在我眼里，人们对于没有的生活总是充满向往，这是对劳动的尊重，对过去的怀念。在四平村里，为了生存，母亲和村子里的女人们都需要掌握十八般武艺。熬糖、煮酒、做豆腐、打饼子、纺线、做鞋、砍柴、放牛、喂猪……样样都是上手的活路，又每一样都离不得火。

我记得母亲熬白糖的事，码得高高的柴堆，是从后山上砍来的，几天几夜的大炉膛里的柴火一刻也不能熄灭。要把一锅锅苞谷水和麦芽水按一定比例放在一起，熬啊熬，熬得眼睛绿了。炉火前的瞌睡虫在火的召唤中，从来没有安宁过。身子一歪扭，火小了，添上，眯了一会儿，又惊醒了，赶紧往炉膛里加柴。火红的糖稀放在簸箕里，趁着热乎气一圈一圈地往磨把上扯，扯得长长的，长长的，像一眼望不见的日子。母亲说，推磨都能把人推疯了，满山满地的粮食最后都进了那个石磨的眼里，推出一天一年的日子。

母亲做豆腐的时候，一个灶房都在热气中。开始煮豆浆了，她必须要眼睛也不能眨巴地看着，火劲一使上来，豆花涨了，要赶紧撤了火。要不，一锅的豆浆全没了。四平村有句古话，人生有三急：尿急、豆花涨、娃娃扒在井栏上。用来形容一个主妇抓不开[①]的日子，认不得忙哪点更好。黑豆、黄豆做出的白豆腐、臭豆腐，用来装血肠、做卤腐，喂养我们的各种馋相。家家户户的女人们都在忙着干活、生产，她们不知道摄影师，不知道这会成为别人眼中的美好。她们太累了，只需要一个安稳的睡眠来安抚过度操劳的身子骨。

中秋节前，爷爷带着我们打过饼子。特制的火炉子，上下左

① 抓不开：指处理不了，应付不了。滇东北部地区方言。

右都是火膛，把做好的饼子放在中间，关上火门。馅是用阴苞谷面[1]和豆面，或是苏子，或是凤尾，各种食材调在一起。烤出的饼子很好吃，经饿，实砣砣的。对于扎实耐劳的事物，四平村的人都用“实砣砣”这三个字。对了，后山上生长着一种叫老米粗的植物，结的果子里能挤出红色的汁液，酸酸甜甜的味道。做饼子时，在上面用汁液点出一些花的形状。饼子出炉了，又好看又好吃。如今，这些手艺都遗失了，随着爷爷那一代人去了另一个世界。先进的工艺让火的身世发生了革命性的变化，有形的火变成了无形的火，方便、实用。饼子也变得花样百出，美味可口，但我却再也找不到童年想吃一个饼子的感觉了。

钻木取火的远古时代和如今的自动化时代，人类像是做了一个长长的关于火的梦。儿时曾与小伙伴们在山上玩过钻石取火，看着火星子从石头与石头之间飞溅而出，放几根火草上去，火并没有燃烧起来。后来，哥哥们用一个聚焦镜在太阳底下，一根小木头就燃烧起来了，很是神奇。记忆中，还有隔壁的大奶奶，为了节省一根火柴，每天早上都要来奶奶的火炉里取火。她拿着两根明子，或是一把白柴，伸进奶奶生好的火炉里，拿着一个火把满意地走了。明子是山上的松树上最肥沃的部分，一燃即着，白

① 阴苞谷面：煮熟的嫩苞谷晒干后磨成的面，用来做酱和馅的原材料。

柴是不肥沃的地方。村子里形容一个人急急忙忙来去的样子时，就会说一句，你给[①]来我家拿火的。

在杨丽萍的《云南映象》里，我听到那个有穿透力的声音时，眼泪止不住地淌下来，它触及到了一个山里长大的女人心中最柔软的部分。“太阳歇歇么，歇得呢；月亮歇歇么，歇得呢；女人歇歇么，歇不得，女人歇下来么，火塘会熄掉呢……”在四平村，家家户户的女主人都是起得最早的，她们燃起旺旺的火时，新一天的日子就开始了。在她们的眼睛里，人活得造孽和悲惨的境地是这四个字：冷火秋烟。

冷火秋烟，这是四平村的人形容一个家的日子过得不好时的话。失去女主人的家庭里，火塘是冷的。秋天时从山上望向村子，一层薄雾笼罩，轻纱冷凉，像一个村子的寂寞。这四个字就随口而出了。它不是成语，但被四平村的人牢牢地放在嘴里，不时就溜出一句。

奶奶在世时，她是家里起得最早的人，当她把灶上和炉上的火烧旺时，猪们鸡们人们的吃法就开始了。我最爱奶奶在锅洞里烧出的洋芋。锅洞是灶上一个圆形开口，刚好够放家里的大黑锅。大黑锅煮的是猪食。奶奶把洋芋放进柴火燃尽后的草木灰里，等

---

① 给：在滇东北部地区，“给”表示疑问，相当于“是不是”。

我们起床，又香又面的早餐开始了，就着一些奶奶自制的土酱，吃得舔嘴抹舌[1]，心满意足。四平村的人说这是“吹灰点心”，这四个字太形象了。人人爱吃的吹灰点心，养育了一个又一个的熊孩子。无论我走到哪里，都不能少了这洋芋的安抚。只要有洋芋，烧的煮的炒的，这生活就是增了十分的滋味。所以，当有人问我的属相时，我脱口而出：属洋芋。用火烤出来的洋芋，黄生生地摆放在街边，成了这座小城市的一种小产业，犒赏着热爱洋芋的宣威人民。

雪后的四平村，我从竹林里穿过，有许多墙洞雀在竹林里抖索着，孩子们的橡皮枪已经没了踪影。有火噼里啪啦的爆炸声传来，好几处的人群已经燃起了熊熊大火，一些人在烤前身，一些人在烤后背。有了火的村子比未停电时更热闹，人们在大火面前嘻嘻哈哈，细说这一年过去的日子。有人拿了苞谷米，一个个放进火里，等着它炸开，那一声轻响，带我迅速回到童年的欢喜里。

每年冬天，在火塘里炸苞谷花，是孩子们最喜欢的事了。苞谷在火里开花了，吹吹火塘灰，争抢着吃。后来，村子里有了炸苞谷花的匠人，他们背着一个黑砂锅，走村串户，炸开我们童年的欢笑。黑砂锅放在火上，摇着把手等火候，“砰”的一声，香得口水直咽。这一门技术，一直被这座小城的一个残疾人传承着，

---

① 舔嘴抹舌：形容太好吃了，吃了还想再吃的感觉。滇东北部地区方言。

他在街道的拐角处摆地摊，在炉火里炸苞谷花，炸米花。他带着矮小的妻子，一年四季忙碌在火上，炸来两个孩子的学费，炸来一家人的新房子。

小城的人在一段时间曾流传着一个故事，人人羡慕这对小夫妻能拿得出几十万的现金来买房子，并以此来激励身边的人。我每一次路过，他们都在劳动，脸上的黑灰丝毫不影响他们的美丽。有一段时间，我曾杞人忧天地担心他们会受到城管的管制，路过时，忍不住都要问一问。他们说，都很好了，大家都很好。这样的时刻，我就为一座小城的良心和温暖，还有勤劳和善良而感动。每每路过，都要买上一袋，从最初的两元钱一袋到如今的十元一袋，让祝福成为心上的一把火。有了火，就有了他们火红的日子，就有了我们火红的怀念。

4

雪又下了一阵，电还一直没有来。我们蜷缩在家里向火、嗑瓜子、喝茶、逗娃娃、哄老人开心。初二晚，村间一叔叔挨家通知，第二日要杀羊做烧烤宴。夜里，听见鞭炮的声音，沟边居住的婶子没了。杀羊的活动取消。四平村的人对于生死的悲欢是相通的。接下来，要举全村的力量送婶子上山。有人说，婶子才五十四岁就走了，没福气。几个老人接过话说，她有福气啊，她死了还能好生生装进自己的房子里，又遇过年时，全村老少都来送她了，整齐昂昂[1]、花花绿绿地抬上山去。

她家的门口，一拢大火，帮忙的人路过时烘一下手。候命的人在火边等待执事。大大小小的炉子都烧着了，候着一场白事的各种仪式。拉棺材的人深夜出发，天亮已回来。一口黑漆漆的棺材，那是婶子最后的房子。在她还有一口气时，家里人都不让这个先进家门，怕增加她的心理负担。村子里的人说，前面那个大咪咪鼓村的人死了是必须要火化的，隔着一个交界，火葬制度还没试行到四平村。听上去，他们像是在为婶子祝福。

大前年，一阵风吹到这片土地上，要求死了的人要火化。在古老的年代坚持“入土为安”的习俗里，人们的心里惊恐万状。一时之间，全村人都在担心死后的下落，后来得到确切消息说，一个乡镇只先试行一个村时，他们都暂时松了口气。

事实上，四平村的人在早年就听说过火化这件事。黄泉路上无老少，这是他们嘴上的一句话。老老少少，生生死死的事每年都在四平村发生。但曾经有一段时期，仿佛四平村家家都有八十岁以上的高龄老人，他们颤巍巍地在哪家的院子里坐着摆白，像一堆腐朽的老家具。这个大声地讲一句，那个小声地问一声，咳

① 整齐昂昂：指整整齐齐又昂首挺拔的样子。滇东北部地区方言。

嗽的声音一连串地飘荡在旱烟里。在一个属虎的年份里，那些老人就像拔篱笆桩一样，一个接一个地被土地拔走了。

邻村的先生说是某一个老人在走的时候犯了个十人坑的忌。这种风水上的东西我说不清楚。大致意思是说自犯忌那个人死后，要死满十个人才能停止。都是些走路晃荡荡、颤悠悠的老人了，这更像是生命的必然归宿。瞧个吉日，抬到后山或是对门山上的坟茔里，入土为安。哭哭闹闹、热气腾腾地送老人最后一程。直到村子里死了一个年轻人。

那个只有二十八岁的年轻人，在外地打工，皮肤上起了些红肿的疙瘩，奇痒难受。他大概是以为像小时候被蚊子、臭虫咬过了，大人们去街上买些六六粉回来，撒在床铺上，就可以杀死那些害虫。他把六六粉擦在皮肤上，听说又用酒精在上面来回搓摩。总之，他中毒死了。

交通不便利时，要从五百里远的路上，拿回一个死了的人，这实在是一件难事。他的尸体被火化后带回了村子里，放在最大的那一棵蚕叶树下。蚕叶树就是桑树，但村子里从来没有人叫过它的学名。这是四平村的人第一次听见“火化”两个字。人们睁大了恐惧和怀疑的眼睛。黄昏时刻，像是村子里都游荡着被烧的鬼魂，它正在村子里疼得打滚。男女老少们的话题里，都在叹息同一件事情，诅咒那遥远的昆明市就是一个坑人市，连人死了都不得一个全尸入土。这太没天理，太缺德了。

一副白棺材停放在蚕叶树下，棺材里扎了一个稻草人，骨灰撒在草人上，算是还原一个人的模样。他的兄弟们吹吹打打就抬到后山，算是心理意义上的入土为安了。然而，这件事情像是长在全村人心上的一个大疙瘩，令每个人都感到十分不安。但凡村子里有了什么怪事，都要迅速地扯上这件事。想着那被烧死的冤魂得有多大的怨气呀，在竹林里，在草堆下，在山墙边，在阴沟角，它有鼻子有眼睛地存在着。

一直以来，这方圆团转的村子里，哪一个人死了，不得留有全尸入土为安呀。除非是在火灾里丧生的人，或是犯了砍头罪的人，但就是砍了头也得安上去得一个全尸才对呀。按照风俗，人人死了，都要埋进土里，堆起一个高高的土堆，让后人记住自己的来处。条件宽裕的人家立个笔塔碑或是双卷碑，稍逊的人家立个单卷碑，经济窘迫的人家就搂起一个光土堆。但哪一座坟堆上都要长蕨菜、蒿草、野花。清明节时，上坟的子孙们忙着掐那些被祖宗的身体气息滋养过的蕨菜，成为盘中的美餐。七月半时烧纸钱衣物。四平村有个顺口溜：年年有个七月半，前人做给后人看。十月朝，又去插上白色的坟标，墓地里一片飘扬的白色，山河肃穆，人心庄重。老人们说，有儿坟上飘坟标，无儿坟上长青蒿。没有人知道是否有另一个世界的存在，但他们愿意相信真的有另一个世界。

生怕祖宗神灵需要自己的孝心时，因为冒昧缺席而让他们不得安宁。生死的归宿在一些仪式里安抚众生，死者安息，生者安然。

四平村也偶尔出现过这种情况，在那些连吃饱肚子都成问题的年代，一些人家的祖坟连土堆都陷落了，成为平地，长了刺蓬和灌木丛。也真是难怪的事情，活人的肚子都吃不饱，哪还有余力去管死人的土堆子呢。待有了条件想起要为后人留个念想时，什么念想都成了泡影。有时，就会出现两家人争一冢的状况，争得不可开交。土里的人都安然了，土地上的人们还无法安然。

有一年，我奶奶去了一趟大理，她的亲弟弟家。回来后就一直念叨一件事。她说，死了都要拿去烧了，这得多疼呀。我们的心就跟着她一起疼，一直疼到土里，奶奶终于躺在她的寿木里，悄无声息地与土地合为一体。

这许多年了，火葬作为城市的一种必然存在，但在四平村及附近的村子里还只是一种传说。村子里死去的人一个又一个地埋进土里，佑子佑孙。从那些墓碑前走过时，我没有一丝害怕。前面是苞谷地，后面是砍柴山，我们背着箩从墓地前面走过，总会看一眼我们的来路。那时，我还不知道，这是每个人最后的必然归宿。小伙伴们说说笑笑，这个说那里埋着我爷爷，那个说这里是我奶奶的房子。这里，像是另一个世界的四平村。

这阵改革的风吹来时，距离奶奶去世已经整整十年了。村子里一些老人就盼望着自己能赶在政策规定的时间以前死去，好生生地装进棺材，埋进土里。更有甚者，有的村子已经有几例老人自杀的案例了，都是高龄的老人，他们以这种方式来成全自己的心愿。有老人的人家就异常警惕起来，生怕自家的老人想不开。就连我好朋友的妈妈也是每天都在数佛珠，她九十高龄了，天天想着的事是走的时候能顺利住进自己的房子，而不是熊熊的大火里。

上上下下，一时传来很多故事。但凡与传统观念有悖的新政策来临时，都会有一些极端的案例来证明人性的我执。更有甚者，被火化了的骨灰按规定埋葬在公墓里了，几日之后，骨灰盒不翼而飞了。老百姓总是以自己的方式来成全入土为安的旧念。即使化成一捧灰了，他们也要住进房子里，成为土地的一部分，才得心安。

这阵风吹了好一阵后，人们渐渐冷淡下来，仿佛只要前面有了开路的先锋，后面的队伍就有了一种方向。人的从众心理，遍布于土地之上，被风的秩序、雨的秩序各自归顺。母亲说这些的时候，显得心平气和。她说，这世间事，有多少是依得人算计的呢。就像我们从来没有想过，年富力强的父亲，说走就走了。

这座城市的殡仪馆，就坐落在西郊，我每次回四平村，都要经过那里。殡仪馆在我们这里被叫作火化厂，这个名字里像蕴藏着某种玄机，人人的归宿都在一个“化”字。高兴时，心被眼前的事物融化了；死亡时，身体被大火熔化了。这个字像是具有某种神秘的功力，让土地上的一切转变了形态，成为另一种物质，另一种存在。唯一不喜欢那个冷冰冰的“厂”字，像是后工业文明的残渣，被抱在没有体温的怀里，成为流水线上的作业品。或许，它更应该是个“场”字，在阴阳的场域里，进入世界的另一个维度。

火化厂的后面，是这个城市的公墓，每年我都要带着孩子去给素未谋面的婆母大人报声平安。她没有留下一张照片，但我真切地梦见过她，戴着褶边蓝帽，身材高大，声音洪亮。我的描述与亲人们对她的记忆毫无二致，在那一时刻，我更加相信一个“化”字，婆婆在火里化为极乐，换一种方式守护着她在人间的亲人们。年常节下，墓园里来来往往的人群，一些在仰天长哭，新生的死亡，还带着撕裂的悲痛，交与时间轻轻安抚。更多的人带着香火纸钱，在叩拜仪式里寄托哀思，让哭声慢慢变为笑声。

到了冬天，这里显得格外拥挤。正是应了四平村的一句老话：老牛老马难过冬。风烛残年，一把老骨头耐不得多少风寒呀。花圈、人群、眼泪，在同一个地方被风吹散，被火燃烧。像是人类的文明是从一团火里走来，开启他们生机勃勃的日子，最后的归宿都要以一场火结束。四平村的人还在幸福的守望中，隔着一个村的距离，他们享受着不一样的政策，以致像婶子能归宿在一口棺材里，都成为老人们口中的一种福气。我知道，这种暂时的福气只是一种心理上的过渡，在不远的将来，所有人的归宿都将在一场火里，化了。

生生之土

1

我奶奶说，女儿是菜籽命，种在肥地她就肥，种在瘦地她就瘦。

四平村前头的大片土地上种满了油菜花，春天时，金黄的田野就是我们的乐园。比大人还高的菜花，捂住了我们的欢笑。半山腰上，有勤劳的人家不肯闲置土地，把油菜籽种进土壤，盼望着能有一些好收成。可那些瘦寒的土地上开出的花朵，细枝细叶细黄花。与田野里的浩荡之气相比，这小家子实在不成什么气候。

这生活中的常见物事身上折射出来的道理，自然就成了女儿们命运的近亲参照物。他们嫁女儿时，要向着土地多的人家。他们挑选媳妇时，又要向着粗脚大膀、腰圆肩宽的女子。这些征兆，与土地的肥瘦互为印证。人人都希望田野丰收、子孙健壮、代代有种。

田野里，庄稼借着肥沃的土壤长得健硕。土地的余力还滋养了杂草，它们铺张地横行在土地上，与庄稼争抢阳光雨露。它们中的一些成为牲畜口中的粮食，一些生长为种子，飘落在土地上，实现它们的自我繁衍。一季一季的土地，变着花样，喂养人们的肠胃。苞谷、洋芋、豆子、烤烟、小麦、大麦、油菜，种什么，土地就生出什么。

我们光着脚底板奔跑在田野里，找猪菜，捉蝴蝶，偷蚕豆，掰苞谷。泥土的芬芳在雨后的麦地里，苞谷地里，洋芋地里，蚕豆地里，它们的味道是不一样的。丰收的土地和歉收的土地，它们的味道也是不一样的。土地就像每一个母亲身体上的乳香味，孩子们依着气味找寻母亲的怀抱。

遇上年成不好时，冰雹、虫灾、洪涝。大人们会说，天做的天会收。往往是苞谷歉收了，荞麦丰产了。就是在那些吃不饱的年代里，也曾有过房檐下面都出满了菌子的年景。奶奶说，饿了，就烧菌子吃。没油，少盐，吃得想吐，不吃又没吃的。那些密密麻麻的谷熟菌，在稻谷被蝗虫吃了的那一年，救过一村人的性命。

损余相补的自然哲学里，隐藏着一些生存的奥秘。

瘦小的伯父，一生嗜土地和酒如命。为了吃饱肚子，他给人当过长工，长年帮人放牛、放羊。饥饿是猫抓心似的难挨，寡辣辣的天，寡辣辣的肚皮，望不见一颗饭粒子。他吃过树皮、草根，还吃过观音土。集体的土地下放时，伯父像是忽然成了一个大地主，从此过上有吃有穿的富日子。能有自己的土地，黄生生白生生的苞谷饭真香甜啊。

他喝醉了酒唱：新风吹进村子里，土地到了怀抱里。

耕牛是他最亲密的老伙伴，土地是他最热爱的老母亲。一沟一坎，一山一洼的土地啊，伯父在劳作时像个威严的国王。土地上的事物，顺着他的镰刀和犁铲，归顺，翻新。土地上生长出来的粮食填饱了我们的肚皮，也给了他无限的尊严和荣光。吃饱肚子后的力气，天天都在重生。伯父觉得这些土地不够施展他的一身武艺，他便想到了开荒地，说那是开生。多么好的词语呀：开生！

后山的黄土坡上，在他的锄头的整理中，有了一小片一小片的土地，他带着豆子、花生、葵花子种上，到了秋天，家里的吃法就多了二指——伯父就用两个手指头比一比。他常常爱说一句话：看老天给会赏你二指。我一直弄不明白，这老天赏的是脸面，还是情面。但二指，也成了另一种指向的名词。在伯父那里，是他在土地上挣得的面子。我们都要臣服于他的创造。

后山上的生地被伯父变成了熟地，后来又成了生地。现在是他的墓地。伯父若是知道他的子孙们没有遵照他对土地的推崇意愿，没准要在一场酒醉里把桃花骂得凋零。就在母亲想对她的孩子们施于书本的教育时，伯父是持反对意见的。在他眼里，女儿们能嫁个土地多点的人家，勤耕苦做就能过上好日子。至于儿子们，守住他在土地上的江山，就足够了。书生的用处，嘿嘿，几阵风就吹倒了。

如果不是伯父的固执，他的大儿子应该会成为一名光荣的人民教师。他紧紧地捂住从土地上挣来的那几块钱，不顾我的父母和哥哥们的哀求，丢下一句，这是我从黄牛脚杆上敲下来的，谁也别想打它的主意。除了土地上能刨出金娃娃，我就没看见哪本书里能生出吃法来。他扬起鞭子使劲地抽了一下老黄牛，我们都闭上了嘴巴。

是啊，四平村的人都在土地上刨出了金娃娃，一篮子一车子，都归进了粮仓里，养活了从母亲们的肚皮里生出来的金娃娃。在缺少粮食的年代，土地上生产出来的才是金娃娃。丰衣足食了，肚皮里生产出的娃娃才是最金贵的。人人都离不开泥土的养育，只有家里有了吃法，喂饱了肚子，心底才有了踏实安稳之感。

伯父爱他的土地，笃信土地上能生长出养活人命的一切。给儿子们分家时，太多的土地，让儿子们有了挑剔的资本。这个嫌弃后山梁子太远，那个嫌弃对门山上的土地不够肥沃。伯父把他的老烟锅往地上重重一砸，对着院子吐了两口浓痰，就开始骂人。

彼时，伯父的大儿子正值青春，去城里打工带回一个卷头发的姑娘。我们几个小鬼头躲在窗风洞里看热闹，细脚细手，嫩皮嫩肉。与村子里粗脚大膀、腰圆肩宽的嬢嬢姐姐们明显不一样。伯父在他的儿子带着女朋友走后，又开始骂人，说白白害他宰杀了一只老母鸡，那身皮相放在土地上，一阵风就吹得起多远。又是土地，在伯父的眼里，男人女人，肥猪瘦马，都必须要与土地有关联才对。后来，我再没见过那个穿绿衣的女子。

哥哥落寞了好一阵后，与一个能在土地上撒欢的女子结了婚。他也被收拾得像土地一样齐整。伯父唱着小调子，处处夸这个儿媳妇是嘴有一张、手有一双。在他喝醉酒，别人上不得前时，他像敬重土地一样，敬重这个儿媳妇。我后来看明白了，只要与土地相交好的人，都是伯父的亲人。村子里那些被他夸奖的人，都是庄稼种得好的、牲口喂得壮实的。懒死、堕落，这两个词语常挂在伯父的嘴边，被他连贯做一个成语，张嘴就放在我们身上。

伯父广种博收，山上，水边，土里，处处都搞得到能吃的。两间屋子的楼上挂满了粮食，那是他口中的“黄家白当”。这四个字，在村子里是富裕的最有力描述。伯父成了村子里第一个有车的人家。牛车。他自己养的老黄牛，自己制作的木轱辘、车厢、车把手。忽然有一天他就驾在牛身上，里里发发向后山开去。他雄赳赳的样子，太像一个出征的山大王。能坐上牛车，我们就成了高人一等的姑娘小伙。村子里的孩子们哭了时，伯父说，别哭，别哭，我带你坐车车去。多么高贵的牛车呀，它让我们的生活变得不一样。

2

大人们起早贪黑地在土地上刨，想喂饱人、猪、鸡、狗们的肚皮。母亲的劳动力赶不上伯父，她便想办法走了精耕的路子。当有一天，母亲提出要把那七分自留地改造成菜园经济时，当生产队长的爷爷持反对意见。出于疼爱，他勉强地同意母亲耕种一年。待那些辣椒、茄子、西红柿在街市上卖了好价钱，远远高出种洋芋和苞谷的产值时，爷爷划出了更多的土地让母亲折腾。

这事，后来就做大了。村子里的妇女们都跟着母亲搞起了菜园经济。若是放在今天，母亲的大胆改变是要成为新农村建设的示范样板的。村里要选妇女主任时，母亲采用了逃避的方式。她不知道她的这一举动，深深地影响了她的孩子们。我们都以为只要在土地上种好自己的庄稼，其他的名头都只能成为不重要的附属品。这种固执与伯父对土地的偏爱，是另一种雷同。

四平村缺水，比起仙人洞、三台洞前面那些村子，母亲和婶娘伯母们都羡慕人家吃水方便，而她们要磨破多少肩膀皮才换得相同的劳动果实。虽然凝结在蔬菜中的劳动力有巨大差别，但它们的价值是一样的，都要通过街市上的买家来检验。这时候，母亲的精耕与别人的细作，因了水色的不同，就有了许多明显的差距。但母亲从不气馁。她在凌晨两点，点着火把下到很深的洞里去挑水。干旱季节，吃水困难，有人埋怨母亲趁别人都还睡着时，就一个人把洞里的水挑干了。还给她取了一些绰号，不外乎是些山中豺狼虎豹的勇猛角色。母亲爽朗地大笑。让我感觉那是她应该得到的荣耀，她受之无愧。

我是怨恨挑水的，但我更怕母亲手里的细条子。我的童年和少年，对水的记忆太深刻。一瓢瓢泼洒下地，土地张着嘴巴全喝干了。这里还没泼透，那里还是干的，这是母亲指挥我时常说的话。若是我的脸上敢挂着些不高兴，母亲就说，你拔鸡毛哄鬼[①]，哄什么也不能哄土地，你哄它，它就会哄死你。赶紧，再挑五六挑来就够了。

天啊，五六挑。我吃奶的力气都丢在石洞里了。小弟爱吃苦瓜，母亲这么哄他，乖乖地，你把这两块地泼圆泼透了，我摘一个苦瓜给你炒炒吃。我后来才知道，小弟是个聪明的娃，他不是爱吃苦瓜，是因为炒苦瓜时要放两只鸡蛋，他更爱吃鸡蛋。但我们都

---

① 拔鸡毛哄鬼：指做事不靠谱，马虎、糊弄的意思。滇东北部地区方言。

不敢直接说想吃鸡蛋。除非是病得重了，吃不下饭时。那些鸡蛋，是用来换学费的。

一群一天天长大的娃娃，成了伯父和母亲在土地上的士兵。一些跟着伯父的牛车向后山走去，一些跟着母亲往返于石洞里。土地喂养了我们的身体，我们一天天长高了，长大了。大大榜榜[1]的样子，像他们土地上长出来的粮食和蔬菜。

我得承认，除了繁重的体力劳动，我是喜欢跟母亲去菜园子的。黄瓜闹嚷嚷地开着淡黄色的小花，一夜之间就结出带着许多刺的小毛头，一天一个样。一些花结了果，一些花落了。落下的花花，母亲说那是谎花。我第一次知道花也会说谎。站在黄瓜棚旁边，母亲指着一些花朵，告诉我，哪些是会说谎的孩子。茄子，穿着紫色裤子的茄子，裤子上有许多细小的刺，戳一根在手里，疼疼痒痒的难受，还难挑出来。辣椒，结了一拨又一拨，母亲种辣椒的经验是在弯路中实践出来的。就像这土地上曾经发明了一种生产模式，苞谷套种洋芋，高棵植物与矮棵植物套种在同一块土地，增加了透气性，让植物的呼吸彼此顺畅，它们一高兴，苞谷背了大包，洋芋在地下长了大个子。这经验曾到处推广，一时成为土地上的先进生产力。

---

① 大大榜榜：指茁壮、优秀的样子。滇东北部地区方言。

那时通信落后，农业科技像是个盲区，仅停顿在一些自己总结出来的个人经验，在村子里互相传播。就像母亲种辣椒得到的经验。起初，她只是卖红辣椒，一拨辣椒结了，就痴痴傻傻地等着它们红了。慢慢地，发现绿色的辣椒比红色的更讨人喜欢。母亲就摘绿辣椒去街市上卖。在这其中，她发现，摘了一拨辣椒，另一拨就马上长出来。这源源不断的摘法，可以让辣椒的产量增加很多。四平村一时成了街市上绿辣椒的原产地。村子里骂小孩子比大孩子更厉害时，他们会说，哟，绿辣椒比红辣椒还辣呀。

辣椒敹皮[①]，好伺候。而西红柿娇气，一不小心就患病，患起病来就要相互传染。为了卖个好价钱，母亲把绿色的西红柿摘来了，放在箱子里捂。捂一些日子，红艳艳的西红柿就坠在我们的背上，翻山越岭去换钱了。到了后来，母亲又发现在放进箱子捂红与在秧上自红的时间差不多。而市场上已经有“催红素”这种东西在销售了，但母亲拒绝用它。我们从秧上摘红了的西红柿，又好看又好吃。

一茬一茬的蔬菜，在土地上一轮一轮地翻开我们的生活。母亲像一个不知疲倦的人，一提起土地就有使不完的力气。中学时，

① 敹皮：指不娇气，不挑环境，容易生长。滇东北部地区方言。

同学们深受陶渊明思想的影响，羡慕我的田园生活。事实上，当我带着他们在烈日炎炎下不停地采摘辣椒和西红柿时，他们心中的诗意顿时荡然无存。我相信母亲在做这些的时候，她的心中没有产生过什么见鬼的诗意，对于她来说，让全家吃饱肚子，让我们穿得光鲜些，她的理想就找到了一把梯子，她对未来的希望就有了一个合适的容器。

对，容器。家里有许多容器，盛装不同的物什。札柜[①]巨大，够我们四姐弟钻进去躲猫猫，是用来装粮食的。打下来的苞谷装满了两个大大的柜子，把手伸进去，向下，再向下，怎么也见不到底。丰收就长在我们的手臂上，身体里。我们咯咯地笑着，角落里的老鼠们也在咯咯地笑着。它们在深夜来偷粮食，想尽各种办法，用牙齿把札柜一点点啃开一个洞。奶奶的耳朵尖，听得见它们磨牙齿的声音。她说，这些烂牙巴骨的死耗子。

耗子从来没有被奶奶咒死。它们来来往往地穿梭于楼上楼下。一些苞谷进了它们的肚子，一些进了我们的肚子。它们中的一些，要么毙命于黑猫灰猫的口中，要么死于老鼠药的迷魂阵里。但它们的子子孙孙像是永远都有一支打不败的队伍，生生不息。

水缸、木桶、锡盆、猪槽、鸡圈，每一样容器都在合理地归

① 札柜：装粮食的大柜子。

顺着家里的日子。还有一个用水泥和石灰砌成的装水的容器，只有我们家有。它们从地板上拔地而起，齐母亲的腰杆。方形的，或许应该叫蓄水池。那是土地的后备供给力。许多个深夜，母亲一挑一挑的水装进池子里，足足能装三十挑。待到了白天，石洞里人员拥挤，取水困难时，母亲的智慧让她提高了生产的效率，也让她在与别人发生争端时被人痛恨。勤劳在一些懒惰的人眼里，是一种罪恶。

土地在母亲的精心耕作下，样样生机勃勃。就是她生育的孩子们也像竹子那样拔节。有一次，她像是发现新大陆一样，埋怨她的小儿子怎么长得这么快，以至于她没时间为他做新衣，而旧衣穿在身上又紧绷绷的太难看了。她没料到她年幼的小儿子会这么回复：那我应该长得像某人（侏儒症患者）才对。母亲像是犯了大错误似的，顿时语塞。她说，菜薹，一个个全都是菜薹。春天，菜薹抽得最快，一夜就拔出很高。四平村的人形容正噌噌长个子的孩子时，都说他们是菜薹。他们喜欢用土地上生长出来的东西打比方。

母亲除了种菜园，还大面积种植烤烟，土地是租来的。俗话说，种一亩园当得种十亩田。再加几亩烤烟，忙得脚底板翻天的母亲，没时间关注女儿的初潮，更不知道她的胸脯何时发育。至于脸上头上身上的疤痕，她完全没有记忆。生日时，奶奶煮个鸡蛋，母亲没时间去追问她那些受难的日子。鸡回家的只数和人回家的个数，都是奶奶在操心。在这个院子里，最忙碌的两个人是母亲和伯父，他们的胸膛也像土地一样，大大小小的一窝窝孩子在土地上奔跑。他们疼爱着，咒骂着，拉扯着。

吸烟有害健康。这是香烟盒子上标示的文字。我每次看它们，就想起了那些种烤烟的日子，想起了在腊月就忙着播种的母亲。春风才吹来几阵，母亲就在最肥沃的一小片地上，撒烟苗、辣椒种、西红柿籽。那些种子进入母亲为它们准备的产房里，生根，发芽，冒出一只小眼睛、两只小耳朵，到一整个笑脸。母亲把它们移栽到不同的土地上。

我最不喜欢种烟苗，但烤烟是我们的学费支撑。掰烟叶的日子让人想想就难受。晴天时，一身的黏液，手上，脖子上，头发上。劳作一天结束去梳理头发，疼得掉了一地的眼泪珠子。雨天时，满身都是湿透的，山冈上的风一吹来，激灵灵地打了几个寒战，骨头和心都结成了冰块。双手黑漆漆的洗不干净，放在作业本上都觉得害羞。谁是抽烟人啊，害我这般不得安生。母亲说，这不是烟，是钱，是土地上生出来的钱。赶紧给我掰烟叶，那一棵还要再掰掉一个，这个叶片已经等不到下一个烤房了，它们会黄了的，黄了就烤不出好颜色了。

关于烟叶地上的事，母亲最满意我辫烟叶的速度，要两个人理烟才供得上我的手。而小弟掰烟叶的劳动力，当得一个大人。我们干活的优点，被母亲抓在手里，用来鞭策每个人。于是，我知道我砍柴不如妹妹，挖洋芋不如大弟，拔草不如小弟。我们也都是母亲种的地，她想样样管理得好好生生。

大人们不闲一刻地在土地劳作，把水当成乳汁，把大地当作母亲，把春风当成亲戚，长啊长，长成花花绿绿的票子。我们上学的学费、杂费、伙食费都有了。伯父盖新房子的钱也攒够了。那高高的大梁上挂着长长的红布，两岸青山的回音里爆竹声声，封吉利的老先生在高声地说：平安福地，紫微指栋，吉庆人家，春风架梁。伯父伯母的脸上像被太阳镀上了一层金辉。

3

四平村的人不知道，农民也是一种职业，他们依靠土地养活了自己，养活了一代又一代的人。当然，他们也常记挂在嘴上一句话：万般皆下品，唯有读书高。以一介布衣发迹的古人，留下许多圣贤事。小时候，伯父常常讲起杨状元（杨升庵）的故事，诸葛亮和姜子牙，更是张口就能进驻人心。于是乎，坚守土地的人们就有了种种参照谱系。那时，邻村不断有人考取大学。哥哥姐姐们从村子经过，俨然成了孩子们心中的大榜样。

大学，这是土地上多么高级的向往呀。这或许更是收藏于我母亲心中的崇高理想。从她不顾一切地在土地上劳作的姿态里，我们成了最大的获利者。母亲年轻时去山上干活，要背着两个筐去，一个筐与另一个筐换着歇气，空身上山坡去背另一个筐时，全当是在给脊背松口气。每当看见年老的母亲，双腿弯曲，行动缓慢时，我的心就掉在了故乡的土地上。我好想替母亲向土地下跪。可每一次我都落荒了，分明是想替代母亲拿些重活，倒是母亲一个人成了一支队伍，蚂蚁搬家一样地把土地上的东西搬运到我家。我在一堆东西面前惊叹，惊叹母亲是如何一个人完成这些程序的。母亲爱说，田间地埂，家物所出，相宜贵贱，都是自己的。你若是去了街上，一片黄菜叶也得花钱不是。土地在这种时候，就像是母亲的保险箱，只要她一打开它，白花花的银子就掉了一地。

有一次弟媳对母亲说，别老想着回家去了，拿来那些东西还不够油钱呢。母亲的愤怒，在转述若干次以后，都还在冒着火药味。我知道，母亲是因为自己的羽毛受伤了，那些长在她骨头和血脉里的土地，她对它的感情跟儿女们是一样的。好几年前，我也曾像年轻的弟媳这样冒昧过，试图去阻止一个过分热爱土地的母亲。我以为只要我们有钱了，母亲就能停止对土地的依赖。当我发现我的错误时，我成了母亲在土地上的战友。

我陪着她去街上卖菜，替她打伞，收钱，当然，也顺便把她篮子里的蔬菜送给熟人朋友。母亲有时是心疼的，有时是开心的。心疼的时候，大概是我把蔬菜送给了她不喜欢的人，她白了我一眼，说，下次不要你来了。开心的时候，是母亲看见她喜欢的人，她大方地把蔬菜塞进袋子里，推搡着让人家别嫌弃。

母亲太像土地上贪玩的孩子了，常常忘记了回家吃饭。但曾有一次，母亲表现得像个生意人。母亲要去街市上卖莴笋，她的菜园里那一块莴笋长得很粗壮，她说再不卖了，它们就要开花谢朵了。好吧，母亲卖菜，我赶乡街子。

那一天，我的运气特别好。仿佛南山北山的亲戚们都来赶街子了，这会儿遇见父亲的大表哥，那会儿遇见老姑爷爷。手里没有送人的东西，只好拿钱出气。到了晚上散集时，母亲的莴笋也卖完了。她数了数钱，说卖得一百四十九块呢。我看着她高兴地把钱藏进最里层的衣服口袋里。我们才起身要回家时，就看见了八十八岁的舅爷爷。他像蜗牛一样，慢悠悠地走着，红通通的脸，白花花的胡子，是我亲爱的舅爷爷，奶奶的亲弟弟，我已经有很久没见过他了。

我摸一摸我的钱袋子，天啊，我甚至连一张红色的整钱都没有了，我拿不出手啊。眼睛向前一瞟，就看见对面的摊子上正摆着红糖卖，便买了一提红糖放在他的篮子里，又担心他走不动路。舅爷爷说，姑娘啊，还是你妈有福气，我们在土地上刨了一辈子，这后世子孙个个儿读瞎了，没有一个成得器。还是你们争气呀。

回家的路上，我与母亲说了在街市上遇见过的人，她说，老娘今天带着你个害人精来卖菜，真是太不划算了。我才卖得这几块钱，你倒是给了人多少了。我有些委屈，但看着更加委屈的母亲，我不敢多言。母亲习惯用土地来量入为出，她没有错。当然，下一次，我还是要跟着她去街市上卖菜。她一边以我为骄傲，一边又以我为反面教材。谁让我是她的土地上长出来的南瓜呢？哦，对了，许多年前，她还曾经这么形容过追求我的一个小伙子，她说，只有大蒜这么高，以后生个小外孙，最多也只有南瓜高呀，要不得，要不得。

4

前些日子，我回了趟四平村。村子里正在发酵一件新鲜事。

烟杆三和赵大毛在河坝里打了起来。这事像风一样吹遍了村里村外。赵大毛拖家带口去了浙江打工，已经出去四五年了。烟杆三在昆明当送水工，比赵大毛家外出打工还早两年。他们出门后就把土地交给各自的老人耕种。乡间没有土地买卖之说，但置换土地一直是存在的。张家李家要起房盖屋，用得上别人家点地，互相商量着就兑换了。这些年也没见谁家扯过皮的。

这一回却是为了美人河边的土地因修路被占了，赵大毛得了八千块的土地补偿款。这地是烟杆三换给他的。当初赵大毛说要在这里盖座烤房。对面山上他种着三亩烤烟，他说从山上背下来就进烤房，伙同村子里另外几家在山上种了烤烟的，要盖个新式的烤房。兄弟二人吃了几杯酒下去，说换就换了。烟杆三说，要得，就这么整了，你把沙地头这点地换给我，挨着我家的，以后我苦得钱[①]了，也好盖个大点的房子。

烤房没盖成，赵大毛就出门打工了，一去数年。这些年，他们井水河水，平时不见不犯，各打各的工。过年回来，伙在一起吃上几杯。大笑着喊对方的绰号。你个老烟杆三，今年苦得几个瘪毛钱了？死大毛，倒是苦得几个大毫子[②]，吃酒吃肉就吃了大半。烟杆三递根红云烟过去，大毛说，你吃口真大，紫云都换成红云了呀。他们谁也没提土地上的事情。

烟杆三是因为他在家里排行老三，学会抽烟后，两只耳朵各别上一杆烟，嘴上还叼着一杆烟，这烟杆三的诨名就喊开了。至于赵大毛，纯粹是因为他是家里第一个男娃，带得娇气，生下来就没剃过头发，留个长毛辫子，剃头发时还请了客的。大毛大毛就叫开了。乡间这种风俗叫“剃长毛”，这事关一个家族的繁衍生息，就像种地的“种”，跟盖房起屋和婚丧嫁娶差不多重要。

---

① 苦得钱：指辛苦挣钱。滇东北部地区方言。

② 毫子：硬币。滇东北部地区方言。

赵大毛说，这土地明明是换给我的了，这钱就该我得。烟杆三说，你拿字据来，我什么时候说要换这土地给你了？事实上，村子里的人也没几个知道他们换了土地的事情。字据也没立过。自古以来，四平村人做这种事，谁又立过什么字据，还不都是红口白牙说了就算的。他们一来二去的口水话，说着说着就打了起来。

好不容易分开了。烟杆三说，我是挨着公路的土地，这么好的地点，要值多少钱哪，我憨包才换给你。哟，要是在昆明，比这个值钱多了。赵大毛说，你狠屎得很，还不把这土地搬到昆明呀，明明是换了的土地，现在你见钱就眼开了。这几年，这土地都是我老爹在种着。不见你来根究，这回你倒是活爬起来了。烟杆三说，我就是放了养麻蛇玩，也没闲心来种，被你家种了这么多年，我连租金都没提过，你还好意思说。

对了，沙地头的土地，自从烟杆三的爹娘去世后，那两块土地真是闲着养麻蛇和猪草了。他们这么说来说去，旁边的人也分不出谁该得这八千块钱。说是请村上的调解员来。一样是云里雾里。证据。证据就是以前分土地的老皇历，可那些老本子早就不在了。调解员请了村子里当时参与丈量分土地的老人来。三爷爷吃了几口旱烟，缓悠悠地说，这河边上的土地算是集体分土地时留下的找补地，当时这块地倒是分给烟杆三的老爹的，听说他哥儿五个分家时，这土地分给了烟杆三。我也是听说，唉，这人老了，不中用了。喀，喀喀。三爷爷咯了口浓痰。调解员说，换土地的事情你知道吗？三爷爷说，认不得他们的了，认不得他们的了。

当时可有人在场？赵大毛说，有，还有几个。他抓抓脑门说，对，打电话给我二弟，他在场。烟杆三说，你二弟还不向着你吗？不行。那打给大炮叔吧。大炮叔在电话里说，有是有这么回事，但他们具体怎么换法，时间长了我也记不清了，啊，来了，老板，我来了。大炮叔挂了电话就去忙建筑工地上的事了。这些年他炮[①]天炮地地说话倒是深得建筑老板的信任，上炮老板，下炮民工，每一炮都让将军和小兵们舒服安逸。那些年我奶奶就说过，这大炮的嘴巴呀连树上的鸟儿都被他喝哄得下来。他在外打工如鱼得水。去年刚在村子里盖了一栋最好的房子。还请了乡上和村上的干部来家里吃酒，面子可大了。上次我回村子里遇见，他还寻思着要请我帮他写副对联，说要沾沾我的文化气息。他听说我这几年当上作家了。

调解员的唾沫星子左飞飞，右飞飞，还是不见有效。公说公有理，婆说婆有理，媳妇怀抱着大道理。这一锅烫稀饭没个正碗，该如何吃得下嘛。这些年乡村里这些鸡毛蒜皮的事，说大也大，

---

① 炮：指吹牛说大话。滇东北部地区方言。

说小也小。可这八千块钱，它也还真是回事。看着两个红眉毛绿眼睛的人，不解决好还真怕他们动辄就要去北京上访。真不知道村民中什么邪了，听说其他村子有人上访得了便宜的，都知道爱哭的娃娃多得吃奶。还把这妖事当成正经事了。

三爷爷第一次听见这种事时，差不多白胡子都要翻到脑门上了。他说，这些吃死路漫棺材的人[①]，访他爹访他妈，给他一个两个连出门的裤子都没得一条，看他还有本事坐火车坐飞机去，还要连累人去带回来，这得多出多少钱呀。那明明就是无理的，吓唬谁呢。到后来，这种消息听多了，他就沉默了。他常常吃几口烟就望望对面的山。那里埋着一个方圆团转会讲理的人，可惜他死早了。

会讲理的人是三爷爷的大哥。里里外外有了事情，大伙都要请他去讲个理，判断个是非。总该是人们怀着对道理的公信，讲理的人应该不偏不倚，行事公正，才让大家信服。这曾经是乡间的一种体面职业。三爷爷的大哥怀抱着满腹的道理，从上村走到下铺，受人尊敬和爱戴。只是他后来拉肚子脱水死早了。现在变成了司法调解员。村子的自治，变成了法治，要依规依法来办事。当然，也不是什么人都能当调解员的。法律界可是有一句名言：

① 吃死路漫棺材的人：骂人的话。指人死后，停放的时间过长，身体肿胀漫出棺材来。滇东北部地区方言。

法律是最低的道德，道德是最高的法律。我细思量这话的时候，就想着乡村里原来居住过掌握最高级法律的人呀。

如今，都被烟杆三这样的人糟蹋了。母亲说，换土地这事她是听说了的。可听说的事情怎么能放在台面上当证据呢？你看，就连我母亲都懂法治了。调解员姓赵，依了本家的亲近关系，他与赵大毛攀起辈分来。一说一论就成了兄弟，他悄悄拉过赵大毛，耳语着说了许多好话。到台面上时，他说，哥，这哑巴亏你就认了吧，这事要讲证据的，你把这钱给了他，你还去种你沙地头的土地。赵大毛说，得了，兄弟，一笔难写两个赵字，哥就听你的，这八千块钱也养不得我老死，我就当是被贼抢了一回。他把钱往桌子上一放，转身就走了。烟杆三递了根烟给调解员，说，兄弟，还得你来帮我主持正义，要不，这摞钱还真飞了呢。调解员没接他的烟，说，得了，得了，不要得了便宜还推肚子疼。

母亲悄悄说，这烟杆三专门会偷鸡摸狗掐菜花，这副德行怕是一辈子也改不了了。一时之间像是村子里的人都站在了赵大毛一边。他们在一起痛说烟杆三曾经做下的缺德事。其中还有人说到，那些年他和邻村一个小婆娘去赶乡街子回来，在麦地里干的好事，毁了一大片麦子地，真是可惜了。

他们说这些话的时候，那两个打架的人早就到了他们打工谋生的地方了。

5

土地上的变化真是让耳朵和眼睛都不够使了。原来的土墙瓦屋变成了钢筋水泥房子，一些贴上了瓷砖，一些刷上了彩漆。土地本是用来种庄稼的，如今还可以直接换成钱。四平村的人说，八千块，屁股那么大点土地，真是发洋财了。有人就靠着青天白日做起了黄粱梦，指望着哪一天什么风吹来了。

然而，被征用土地这种事情在城镇里常有，在乡村算不得什么常态。四平村的人一说一讲就过去了。上学的上学，打工的打工。虽然发生了这一件事，但比起早早晚晚的谋生，这实在也算不上什么靠得上谱气[①]的长远事。

四平村的青壮年们不在土地上劳动了，但若是哪一家荒了土地，是要被人笑话的。比如，烟杆三家的土地。过年时他为了央求人给他种地，还提着烟酒上了人的门。可村子里的老人们又种得了多少土地呢。加之他的行为不招人待见，就连累了好好的一块土地。他家的地，就连荞麦这种懒汉庄稼都没有种上。如他所说，一块土地白白放了养麻蛇，都要被草吃了。

没有被侍弄过的土地，慢慢就变生了。这是母亲最不能容忍

① 谱气：心中有数、靠谱的意思。这里意思是靠谱的长远之事。滇东北部地区方言。

的懒惰。她才在儿女家几日，就想着要回家。她编的理由常常像个孩子似的，下雨时说房上的瓦片被猫蹬漏雨了，天晴时就说要去晒晒被子或是豆子。我们就睁一只眼，闭一只眼，由着她去。如弟弟所说，只要她高兴。

母亲曾大方地说要把一块土地送给族间堂哥建造房子，那是堂哥在埋怨他没有盖房子的地时，母亲脱口而出的。她本以为她的热情应该受到堂哥热切的回应。堂哥表情淡然，母亲以为他在嫌弃她的土地，其实他是想打另一块土地的主意。从此，母亲决然地不再说要送土地给谁了。即使是她的亲弟弟们要来耕种，她也要像个地主一样，一一交代这里种豆那里种瓜，这里栽树那里栽花。

母亲的另一块土地在村子最当道的路边，够盖三间大房子，还可以带个大院子。村子里在外苦得钱的人家，不断来打探这块土地的价格。有人很大方地出到四万块了，母亲的话却像一堵山墙。她说，给多少钱我都不卖，万一哪天我的儿女们盖得动大房子了呢。母亲背过身子悄悄跟我说，肯定不卖，如果你们哪天哪个在城里混不下去了，好歹老娘还给你们留着个窝托[①]呢。

新一轮承包土地的政策来了，母亲拿着个本本，像拿着自己

① 窝托：指依托和退路。滇东北部地区方言。

一生的家当，小心翼翼地捧在手里。她戴上老花镜看着本本上的数字，交代我们这块土地和那块土地的边界。我们早忘记了土地上的交界在哪里。母亲痛恨任何人侵占她的土地，那是她的老命根子。只要我们敢说，不要计较，母亲就要放出狠话，她说，除非我死了。偶尔有邻居移动了交界的石头，母亲就像一头发怒的狮子，恶狠狠地移回去。她像保护孩子一样守护着她的土地。当她把满背满怀的从土地上采摘来的水果瓜菜搬到高楼的冰箱里时，母亲就像一个在土地上刚得了胜仗的女将军。

母亲对待土地的态度，终归是太爱了，不肯放手，还是太爱了，不得不放手。我们，只有依着她的性子，随着她高兴，结出一个又一个的南瓜。

母亲一边纳着鞋底，说是趁她的眼睛还看得见，要给我们每人做一双毛边底鞋。这鞋子养脚呢。说起那些遥远的往事，她顿时又神采奕奕。

我上小学四年级时，乡里说要修条公路。村里就按人口分段垫土。母亲带着我们早早晚晚地从河里背沙土，脊背皮磨破了好几层，终于把一段看上去不长的路垫平了。那时，村子里只有少数人家有电视机。有人在电视里看见三爷爷背土的画面，这消息像风一样在村子里吹了好一阵。自此，三爷爷把上过电视当成他的大光荣，在吃茶、吃烟、歇气的当儿，五句话之内必然要扯上此事。他一时像个村子里的大人物。

那时，我没有想过我们垫土方占的是谁家的土地，一条白色的石灰粗线，界定了我家与你家需要出的劳力。上面说应该怎么做，下面按时间和质量交工。这一直是古老的信赖关系。修公路是为了人们能更方便走路和拉车，占了谁家的土地，也是应该的，没有谁敢张着嘴巴去索要利益。这是最起码的公心。许多年后，这公心被利益之心侵略了。

以至于，当四平村前头要修一座桥，需要占用桥头的土地，有乡里的工作人员问及谁家土地时，母亲大方地说，要占多少都行，修桥补路都是功德事。工作人员为一个老人的通情达理而感动，随口夸奖了她几句。他们说这年月为修路修桥，占了点土地，为点补偿款，争得脸红头绿的，动辄就要上访。就是为了改造电网，在他们的土地上架个电线杆都不得。母亲这么说话，显然成了极少数。老太太被夸得心里头开了花，她一高兴又报上我的名字，仿佛我成了她土地上结出的最大的南瓜。

母亲一天天老去，白发飘荡在秋风里，像是一地庄稼收过的田野，温暖中的萧索带着无限惆怅和零落。我看她的正面、侧影、背影，想她生龙活虎的年轻时代，一阵心酸爬上眉间。父亲去世后，她像失伴的大雁，在秋风孤霜中独飞。她坐在谁家的沙发上，都像个客人，只有回到她的土地上，她才是自在的、自由的。

小弟家生了二胎，她连更守夜做好婴儿衣物，风风火火地赶去，没听她抱怨一句楼高腿疼。她说，这是我做奶奶的责任，不管多苦多累，我都要背着抱着守着她，直到上幼儿园。但只要一逢有假期，她是站起身子就要回到四平村的。

中秋前夕，她背着一大筐一大筐的核桃板栗从山上下来，再打电话问儿问女。她说，板栗张嘴了，掉得一地都是，核桃也离壳了，要不要从班车上带些进来，辣子红得满地横睡，还来不及摘回来穿了挂着呢。见我们反应平淡，她声音里略带火气，说，等老子背了在街上三文不值二文地卖了去。我说，妈，你歇歇不行吗？她说，可惜了，真是可惜了。我就像去山上玩一样，一转就回来了。

那么高的山，那么深的河流，母亲的腿都得一一越过去。她不顾危险地越过去，索讨不一样的日子。她没想过有一天，她的腿要罢工了，用疼痛来阻止她在土地上的劳动。但她并没有停下来。母亲说，你看，你大奶奶都九十多岁了还在薅苞谷、种菜，你妈才几岁呀。土地没有老去，母亲永远都不服老。

我曾对母亲说，妈，我们小时候听你的话，现在你老了就应该多听我们的话才对。母亲没好气地对我说，除非你妈脚直了，哪天动不得时，你们爱咋整就咋整吧。有谁拗得过一对粗壮的胳膊呢？好吧，我举手投降。这不，母亲昨天又打来电话，说是柿花掉了一地了，再不回来，鸟雀们都比你占的便宜多了。她还这么说，你们回来，然后我就跟着你们回去了。

一路上的秋天，它们丰硕地站在树上，田野里，山坡上。母亲的土地上正芳香弥漫，核桃等着我，川乌等着我，柿花等着我，母亲煮的老火腿等着我。满树的洋瓜像人工的铃铛，一摇就掉，母亲说人吃不完，街市上也卖不动，养在树上都出芽了。在摘柿花时，母亲像发现了重大秘密似的，她说，这柿花放在猪圈里，猪可爱吃了。你二嫂在树下捡了一篮又一篮，四五个大猪吃得抢起来。我也像是被开了许多眼界，吃柿花的猪，猪身上的后腿，炮制成天下有名的宣威火腿，这得有多好吃呀。以往，猪吃的是萝卜。胡萝卜，白萝卜。一地一地的猪草，钻进小伙伴们的童年和少年里，追赶着我们的记忆。

对了，我忘记了。四平村盛产柿花，到了冬天，房前屋后，斑斓的叶子落尽之后，只剩下一树的柿子，花蓬蓬地开在枝头上，像极了花朵。我们形容一个人笑得开心时，总会这么说，你笑得像个烂柿花呀。

要走的时候，母亲就耍赖了，她说，过些天我再来。你看这一地的活路。放在树上烂了，放在地里烂了，都太可惜了。母亲又赢了。

当我把家乡清澈的小河和丰收的景象发给远方的朋友时，他们说这么温润的地方太值得留恋了。看着母亲忙碌的身影，我的内心充满了感恩和酸楚。感谢母亲在这里,为我们守护着一个家园,让我们成为有故乡的人、有根的人。在我乏了累了时，只要一回到这片土地上，我身体里那些漏了的气息，就能得到迅速有效的修补。如果我想要写一首诗的话，也许只有这一句：啊，我的土地我的娘亲。

6

土地就像是背在母亲身上的壳，母亲依靠它庇护我们。天寒躲过风雪，天晴遮蔽辣日。但我必须要承认，我很少这么仔细地思量过土地的重要性。若非是开始回望来时的路，我已经遗忘了自己也是土地上生长出来的庄稼。

我以为日子应该这样洒脱，天大地大，哪里都是归憩之地。有耕有读，日出日落，无论卧躺在哪里，都与阳光、雨露、空气和水，成为大自然的一部分。吃土而生，入土而亡，万物生长、蓬勃。天养精气，土养肉身，代代相生，不息于一粥一饭。

母亲说，你吃得五饱六足了，当然就忘记了。若是老天赏你真吃土，看你翅膀毛还硬得起来。爬泥啃土的日子，老娘哪样没经历过。离了这土地，样样都难啊。

仿佛老天有意要来印证下母亲的话语，我在抬眼之间，就被眼前事物上了一堂自然哲学课。如果要在屏幕上打个标题，它应该是：论土地对一切生命的重要性。

晚来风急。有一串花朵在窗外乱舞。我不知道，这一串花朵是怎么开在我的额头上方的。悄然无声地。

我飞快地脑补了一下它的身世。也许应该是这样：大风吹来一些尘土，入了女儿墙的裂缝里。鸟儿衔来一粒种子，不小心落进了那一撮薄土里。再有几个雨星子落下来，一粒种子就有了生发的空间。长成一株植物，还开出一串花朵。这生命的奇迹就在我的额头上方悄然生息了。

楼下的香樟和桂树正在大幅度摇摆。暴雨,像是马上就要来了。有大滴大滴的雨敲打着玻璃，视线中的物什渐渐模糊起来。心尖儿上，牵挂着那一串花朵的去向，像心疼一个身世飘摇的同类。

顷刻之间，狂风肆虐，在高楼间呼啸。雨声渐疏时，我急急地开了窗。正好有两朵花落下，我说不清应该描述为惊艳的舞蹈，还是绝望的告别。可我似乎听见,它们呼啦啦地喊了几声母土的魂，就凄惶地扑向楼下的土地，碾作泥尘，护花，或是被另一阵风吹走。

我盯着那株刚历经疼痛的生命，它安静地站立着，直视我的惊慌。根，伸进水泥的夹缝里，叶与风刚刚握手言和。它们成为一些词语的一部分，比如坚韧，比如顽强。当然，也有种苦凉的滋味，从地而起，直入我的心房。这纤细的枝叶，瘦弱的花朵，它们太像一个命运不济的女子嫁到一个贫苦人家，连接生养出几个营养不良的孩子，缺衣少穿，又逢天寒地冻。

我看见那一串花朵紧紧地抱着母枝的身体，母枝也紧紧地拽着它们。冷风迎窗吹来，我伸出双臂紧紧地拥抱自己，想把孤寂挤压得更加微末。有一只白飞蛾停在蜘蛛网的底部，翅膀在风中扇动。细看，那是一只已经死去的身体，大概是一只蜘蛛发现了它的肉身，囿它于蛛网。白飞蛾的翅膀一直完好无损，再大的风也没有撕破它。就像生活不能把活着和死去成为永远的悲伤，河流之上，总有一片沙洲，成为水鸟的乐园。

风雨停稳时，我上了顶楼，想去探究一株植物的前世今生。

在瓷砖与瓷砖的夹缝处，一个凹陷的小洞里，积聚了风吹来的土。植物的种子不知是来自风，还是来自鸟儿的口。有了土，有了种子，这株植物就发芽了。那么逼仄的空间里，它们汲取天地精气，养自己的经脉，成为一株会开花的植物。生命的奇迹在飞来的土壤里存活了。我的眼睛里涌起些雾气。另一种叫朝颜的花，紧闭着早晨开放的喇叭，正在另一种土里闭目养神。待明日清晨，它们又吹出红艳艳的调子。

每年秋天，我都要遇见枝枝蔓蔓上开满花朵的朝颜，红的、白的、紫的。咋咋呼呼就开花了，朝开暮谢。我没有亲手培育过它们，它们就那样不管不顾地入侵我的领地，在花盆的瘦弱之土上，在花台的角落里，明晃晃地开放自己。人，有时难免带着些卑贱的贪欲，在不劳而获的地方，像个容易得手的小偷。我多次拍下它们，并向世人炫耀时，就是带着这种劣质的心思美化自我。还有一种叫夕颜的植物，土名儿叫葫芦花，晚来开花，夜里明艳，凌晨凋谢。结出的小葫芦，像野生野长的小娃娃，和着电视剧的情节，令人在心底荡漾出一万种心疼和柔蜜。这两种花，朝夕相对，相敬如宾，各自成为我的颜面，成为来自土地上的亲密问候。

顶楼上，我有一小块长方形的土地。有一株爬满整面墙壁的葡萄。每一年，数不清有多少串葡萄，我与鸟儿们在顶楼的小园子里，成为朋友，争抢果实。关于这小片土地的来历，我想在后面的文字中慢慢道来。现在，我是来探视我的同类的。

墙壁的夹缝中间，但见能长出绿色的地方，都被不知名的植物覆盖着。高高矮矮，肥肥瘦瘦，借着一丝土壤的余力，新生自己。植物的命运与人的命运，是何其相似呀。它们都在自己不能选择的出身里，努力活命、繁衍、新生。

我站在顶楼上，一群鸽子飞过天空，划过一片喜悦。我们，和眼前的植物，究竟来自何处。我突然像个变了身份的人，开始怀疑和追问。而我一直以为，追问来路应该是雄性热衷的事情，母性更应该关心去向和归途。就着我头脑中乍起的风波，我又想起了大地、母亲和种子。生命的源头都分别伸进了土壤的温床。

母亲和土，她们或许应该是一样的物质。生发出一代代人的希望，生长出我们想要的一切。人类的、植物的、动物的，只要有了土地和母亲，大地上的所有事物都是能延续的、崭新的。多么伟大的母亲，多么珍贵的土壤，多么壮丽的河山呀。

这么一想的时候，我迅速被一种匍匐于地的喜悦笼罩。风儿雨儿云儿鸟儿，它们都仿佛在对我说：我有的你都可以拿去吧，我没有的，我会一天天生出来给你。

7

又一个九黄天来了，母亲在数九黄。她说从九月初一到九月初九，叫作九黄天。初一下雨初二晴，初三下雨九不停。九黄天下雨下了几天，明年就会有几个月有雨水。还说，九黄无雨望十三, 十三无雨影无踪。如果九月十三都无雨水降临，第二年的大旱就来临了。九黄天是秋天最缠绵的天气，绵绵细雨烦人，日日天晴愁人。四平村的人依着节气播种生活, 也依着经验摸索些道理。二十四节气里，从立春到大寒，土地上的故事多了去。

这个中秋已过一个月，我才想起没种下白菜。母亲说，过了中秋种的白菜就不会包心了，别种了吧。我看你也是一只憨斑鸠，不分春秋的憨斑鸠。我笑得弯下了腰。母亲就心疼我，说我的日子过得苦, 但凡有点余力就要顾东家西家, 如今又遇到天大的难事,只恨娘老了，顾不上你的周身了。说得要掉下眼泪来。我说，比起那些年母亲所受的苦，为了全家吃得饱穿得暖，在饥饿线上挣扎，苦得一身痨病，我这点苦又算得了什么呢？

我想起了在爷爷的咳嗽声中长大的童年，爷爷为了自己和全村人的温饱活一世。大集体要交公余粮，宰头猪要交出一半，喊工上工监工，处处还有人怠工窝工偷工，为换得点口粮，要翻山越岭去贵州。如今，免除了一切农业税，种地还有了补贴，家家户户的生活一天比一天好。我们有吃的有穿的有住的，精神饱满，身体健康，又有什么样的坎儿是过不去的呢。站在这方寸的顶楼小土地前，我和母亲都因为心安而踏实。

事实上，我甚至常常庆幸在高楼森林里能拥有一方小土地，让我离泥土一直很近。你看，我们总是忘记了已经拥有的一切，对那些没有的异常惦记。眼前，这片小小土地，它悄悄地追赶着四季。羊粪放在墙沿儿，锄头竖在楼道口，瓢和桶安静地站在水管下面。我可以模仿母亲热爱土地的秉性，种瓜得瓜，种豆得豆。

秋天，葡萄的藤蔓开始萎黄时，几株菊花傲然盛开了。黄的艳丽，粉的内秀，几朵绿菊代替了夏天的颜色。人参果黄了，辣椒红了。我在这里接收来自土地的信息，它往我的精气神里注入一种野生的活力。来自土地和自然的养分，让天空飞过的鸽子与我，在巍巍东山之下，在夕阳晚来之时，成为各自的眼神。

这小片土地来源于一种意外。如果让天地万物的轮回成为实证，那么在我的絮絮叨叨里，一些回响就有了根源。

我曾经那么执着于童年的欢喜。记得第一次学着母亲栽菜的事。我大致才有七八岁的光景。园子边上有块三角形的飞地，面积小得只能栽下十来棵小白菜，母亲说，那小块地归你了。我高兴得一头跳下两米高的地埂，拿起母亲的生产工具，开始拔草、挖地。浑身使出吃奶的力气，把地都踩熟了，滑石板一样硬邦邦的。母亲转过身来，拄着锄头笑得像火辣辣的太阳。她几个板锄下去，我的土地就向她归顺了。我笨手笨脚地栽下几棵小白菜，母亲说，这鸡啄狗咬的样子真难看。我赌气丢下东西，跑去奶奶身边寻找温暖。奶奶的锅里，正烤着金黄色的大洋芋，所有的不愉快都在一碗土酱里被招安了。

那年的雨水真好啊，我栽的小白菜在成活盘根以后，一天一个模样。每天放学路过，我都要指给小伙伴们看，喏，那是我栽的。她们越是不信，我就越发着急。巴不得母亲就在地边守着，帮我否定别人的每一次质疑。再后来看到书上说，人生最大的幸福就是看到自己栽的树上结出的果子时，我就想起了童年那些绿油油嫩生生的小白菜，那是我在土地上收获的第一次幸福。

大概是我太在意这种幸福感，就想把它延伸到我的梦里。但我的梦与母亲的梦是有抵触的。她在土地上奋斗一生的目标是让她的孩子们离开土地，而我总是在离开土地以后试图以另一种方式怀念土地。

许多年了，我想拥有一个小园子的念想从未断过，就像怀念我的出身一样。我想像母亲一样，在园子里种上各种蔬菜，看着它们生长、拔节。无奈，城市的房价容不得我有奢侈的梦想。一个从土地上走出来的村姑，必然要臣服于清淡的日子。

每当我想念母亲土地上生长的东西时，我就应季而去。穿过弯弯的山路，看见一条干涸的河床，我离家就近了。春天，在风里等待核桃树的长条花朵；夏天，想吃一锅开花的洋芋；秋天，板栗核桃落得满地都是；冬天，在荒黄的土地上提起一个水萝卜。

土地依然年轻。但村子里的老人们已一个个走进了土地里。就连我的身上也开始生长出些暮气。类比土地上的生机，我像是魔怔了，常常对一些向阳生发的东西着迷。你看，就连送给孩子们的书的扉页，我都喜欢写上四个字：向阳生发！

我的阳台上，种满了多肉，它在我看得见的生长里，一天一个样。曾有一次，一个放烂了的火龙果，我用纱布过滤了种子，晒干后，种进一个小盆的土壤里，静静地等待着它们破土、新绿，长成生机盎然的盆景。看着它们，我每天都能生发出些毛茸茸的欢喜，太像怀抱一个新生婴儿了。

一个时期，我对多肉的迷恋，类似于母亲对土地的热爱。佛珠悠然垂下，像一个女子低眉时的温柔，万种风情，只待人来掀开帘子，婉转百回地叫一声娘子。玉缀早已忘记了母体里的墨西哥原产地，任我摘下一粒，横着插入土壤中，它就生出一个又一个小玉缀，一生二，二生三，三生万物。多么有限的土壤啊，养育了如此众多的小王子。我愿意为了它们，夜夜披头散发。

我种过的花朵，实在太多了。就在去年，我曾被一株君子兰大方地奖赏过。春天时，正在培土的邻居送了我一株君子兰。我把它栽到一个淡绿色的上釉花盆里，左右相看，眉眼相适。浇水，爱它。到了冬天，它就突突地冒出一枝，鲜艳地张开了六朵。那些日子，它带走了我心中大半的阴霾。

那年的雨季，雨水的脚杆太长了，一天一天，一宿一宿，下得我心慌。更让我心慌的是，我家的房子漏水了。接着，墙壁也开始脱皮。夜晚脱落的白灰已经严重扰乱我们的生活秩序。我会在夜里听见我的孩子惊恐的声音：妈妈，什么东西掉在我脸上，啊，又掉进我的眼睛了。这种感觉，刹那让我回到贫穷里，顿生茅屋为秋风所破之感。

我开始问病求医。请来补救屋顶的人是我的舅舅，他是个手艺娴熟的匠人，砖的瓦的泥的土的皮的木的，都是他顺手的活路。舅舅像是知道我的梦想一样，他说可以在屋顶为我建造一个小菜园。在听到这个消息时，我一下子又觉得自己即将变成富人。

舅舅沿着靠西的女儿墙边用砖头砌起了一米宽的花台，然后往里面填土。顶楼废弃的材料，一一被他合理利用了。才几天时间，杂乱的顶楼被舅舅的巧手侍弄得整整齐齐。他还从老家给我拉来了几袋羊粪，他说那东西种菜好，只是别嫌它臭。

那些日子，我就像一个刚分得土地的雇农，看着突然冒出来的财富，一时不知道要种些什么好。春天来了，我就忙着平整土地，用手抛撒上一层羊粪，再挖出一道道沟，把从母亲的土地上拔来的秧苗分种类栽上去。我的孩子一边捂着鼻子，一边嫌弃地看着我。我就学着母亲的样子，跟他讲些农民伯伯挑大粪的故事。还呵斥他放下手，帮我提水去。

劳作了两个小时，我摸摸头上的细汗，开始幻想着满地的收获。每天都给它们浇水，让它们吃饱喝足。有时回家晚了，还打着手电筒浇过几次。我像一个勤劳的农民，看着自己的土地满心欢喜。

待秧苗成活转绿的时候，母亲来了。她趁我上班的当儿，把我的土地重新折腾了一回，她嫌弃我的手艺，说我理的垄不直，栽的苗不齐，说我这是拔鸡毛哄鬼的整法。说完还不放心，又一锄一铲地教我一遍。我担心母亲把我的苗弄死了，她却哈哈大笑，带着一种必胜的口气反问我：你看看它会不会死！如果死了，老娘赔你就是。

那一年，我那一片小菜园里种出的辣椒、茄子、西红柿、金豆、小瓜供给太足，以至要央求邻居们帮忙。我的孩子有时会使小坏坏，开门出去后，又一阵风地回来告诉我，他刚帮我浇完土地，用自产新鲜的尿液。

后来，像是所有邻居家的屋顶都漏雨了，他们开始大兴土木。把顶楼开辟成自家的小花园，铺上青石板，砌成花台，种菜，种花，种树。我们在自己的小土地里播种快乐，个个儿都像刚分得土地的农民，卖力地耕种。品种也越来越多，菜地不够了，就找些泡沫箱子装上泥土，照样种菜种花。甚至也种那些不常见的品种，比如小白蒿、枸杞、川芎等。只要是市场上有的，过不久都能在顶楼上看见。各种花草、各种蔬菜，让顶楼像一个超级空中花园。勤劳的邻居甚至弄来一个大缸，从山上割来黑蒿泡水浇菜，这是防虫又环保的天然生长剂。我们都提着小桶去取散发着臭味的水来浇菜，像是共产主义的小公社的劳动场面。

晚饭后，我们在顶楼上打发空余的时间，交换些种菜种花的经验，互通些园子里的有无。从起初时母亲说了这个要怎么样，到如今我认为应该怎么样，这实在是一件有趣的事儿。我的孩子放学回来时，一放下书包就往顶楼上跑去。我从他的嘴巴里知道，草莓红了几个，葡萄结了几串，有几只蜗牛，甚至有几只毛毛虫。我在他的身上看到了我的童年，与泥土亲近的童年。那年我种了几株绿菊，他喜欢得不得了，开了几朵，谢了几朵，他都能准确地知道。今年他又爱上了我种的葫芦，幻想着那些葫芦里能蹦出几个娃娃来，与他天天玩耍。

8

土地依旧在那里，它的变迁是一部人类生存史和精神史，一代又一代人从土地上攫取不同的生活。黄河，长江。北方，南方。

允许我的记忆成为弓箭。一会儿我拉满了，一会儿我疲软了。但我的脚总该是踏在这坚实的土地上。唯有这样，我仰望星月和赞美山川河流土地时才显得有些底气。

如今，四平村的孩子们都从村子前头的路上一个个走远了。他们散居大地的每一个角落，有的甚至务工到了非洲。于是，村子里的人知道了遥远的毛里求斯和坦桑尼亚。很多人最关心他们一年的收入，而我的母亲，她更关心那里的土地上种些什么。

我们都在特定的日子里回到四平村。当家族中添丁了，嫁娶了，有老人去世了，或者是遇见沟沟坎坎的难事了，嫁到南山北山的老姑奶奶们，或是嫁到广东广西的小孃孃小姐姐们，都一齐回来了。哭哭笑笑，光阴就老了。

唯有土地是新的。它滋养着一代又一代的人。老去，新生。后山的庙宇里供奉着土地公公和土地奶奶。他们像人间所有恩爱的夫妻，掌管着自家土地上的一切。没有人见过他们鲜活的样子，但他们一直鲜活地存在着。就像一季一季的庄稼，欣欣向荣。

那些年，为了温饱，人们脸朝黄土，如今，有人要面朝大海了。

人类因为拥有智慧，就想要主宰大地上的一切。有时，他们成功了，成为主观最能动的部分。有时他们失败了，成为被大地主宰的无奈生命。人们爱用一些严重的词汇来指责人类的妄为，比如惩罚和报复。但有一点是正确的，大自然孕育了人类，也埋葬了人类。

随着年岁增加，我越来越喜欢亲近泥土，也越来越惧怕人多的地方。我害怕别人和自己在夸夸其谈中，掉进尘世的种种悲哀。世界上的事物，唯有土地，最值得人类守护。于是乎，我对那一年连绵的雨生出了许多感激。如此，世界上的所有物事，都不会是纯粹的好与坏。人们福祸相依地生存在土地上。

我在一片小小的土地上，有想种啥就种啥的自由，春秋霸业，只在方寸之间。我也完全理解了母亲对土地的深深眷恋。仿佛这世间，只有这土地从来不曾辜负过人，种瓜，种豆，种花，种果，种自己的心。

大地裂开一条缝，向天空呼唤雨水，滋生万物。女人裂开自己，向太阳索要光辉，成为母亲。土地和母亲，都是人类生生不息的母体。只愿我们在挣脱她的怀抱时，眼睛还有慈爱，心中还有敬畏。

迟早有一天，我也要成为土地的一部分。如今，我的身体正在向大地弯曲。我努力地活着，像母亲那样，做一个热爱土地的人。以期让自己有一天成为土地的一部分时，能与土地的干净相匹配。

土地上的事物，每天都有说不完的故事。天就要亮了。我和母亲决定在冬天来临之前，种一些萝卜。一些喂猪，一些喂人。

生生之金

烟花散落的铜板，落于夜空。

——题记

1

半夜，才出生七天的小婴儿咋呼呼地哭起来，一声赶一声，猫抓心似的。哄乖乖的奶头子塞了多次，在奶奶和外婆的手上又轮了好几个回合，宝宝贝贝和小祖宗都叫遍了，还是没听见他缓停一点点。这个在医院的出生证上被叫瀚的小东西，把全家人的魂都哭掉了。窗外，漆黑无边的夜，像是有许多看不见的眼睛在窥视着新生的人间。

奶奶看见外婆的手腕上戴着一只银镯子，她们似乎是在眼神之间达成了某种共识，外婆迅速地摘下它。两个花甲之年的老人各持一把木梳子，使力地梳理她们头上的头发。比起年轻时的长辫子，她们的头发已经很稀少了。往常，她们希望梳子上的头发能少掉一些，而此刻，她们却是希望头发能多掉落一些。

外婆轻声地说，这个乱头发，要用它时它稳当当地站在头皮上，不用它时，一木梳都挤满完[①]。奶奶像是不服气外婆的说法，看着木梳上少量的落发，她用两只手往头皮上狠狠地前后左右挠着。听着婴儿已经嘶哑的声音，她的动作更加快起来。再用梳子梳理几下，两把梳子上的乱头发并在一起，绾成一个乱麻窝。火上煮着的鸡蛋差不多好了，奶奶准备分离出蛋白，外婆正在侍弄姜片，切成细细的末。哦，还有纱布，没有现成的，就拆了一个口罩，还要七七四十九颗米。奶奶数得很仔细，数完不放心，又让外婆再数一遍，生怕数错一粒，这事就不灵验了。隔着纱布，外婆用她的老牙齿一遍遍地把米粒咬嚼碎了。

细姜、鸡蛋白、乱头发、银手镯、碎米浆，奶奶把这些包裹

---

① 梳子上掉下来的乱头发挤在一起的模样。

在纱布里，扎稳当成一个小圆包。哭了很久的婴儿已经满头是汗，小脸挣得红紫紫的。两个老人把小婴儿轻放在床上，脱光了身子，由奶奶拿着纱布包，从头到脚一遍遍滚动，一边滚一边碎碎念。婴儿的哭声一点点在向内收敛，像是注意力被什么吸引住了，停顿几声，又哭几声，缓缓慢慢地一再降低频率和音量。直到他睡着了，奶奶还在一边念一边滚。我凑近耳朵，始终听不清楚她含混的声音。她肃穆的神情像是在请求天元地气、神灵鬼魅放她孙子全身安宁，无扰混浊。外婆说，好了，这下好了，能睡个安稳觉了。

小婴儿是妹妹的二宝，外婆是我的母亲，奶奶是妹妹的婆婆。每当我一出声表示什么好奇，母亲就用手指在嘴边挡了回来。我再敢多嘴，她就微嗔着让我别乱嚼牙巴骨，凡事以哄好娃娃为主。从母亲手上摘下的亮堂堂的银手镯已经变成黑漆漆的颜色了，她们两个相视看了一眼，什么也没说，像是她们都掌握着心照不宣的通神秘密。这一个夜晚，星月高悬，屋内祥和。

第二天一早，我们都起来了，小东西还在呼呼大睡，像是忘记了要吃奶这件头等大事。母亲拿出被弄得变形了的银手镯，先在水里用刷子清洗完黑色，又放在手腕上挤挤捏捏，想让它恢复原形。母亲一口断定，这个新出生的小婴儿是个财心重的人。她们盘点了昨天来妹妹家送竹米酒的人，并断定其中某一个人的口袋里装了很多钱。猜来猜去，最后怀疑到村子里在昆明打工当了小老板的王小三身上。母亲说，难道你们没看见他的口袋里鼓囊囊的吗？妹妹说，我妈真是，现在都不用现金了，谁还把钱揣在袋子里，你看见的难说是香烟盒子。

谁的口袋里装了多少钱，那是人家的事情。母亲说，但因为有个古老的习惯，通常不能装太多钱去月子婆家，会“敬着”小婴儿。村子里有经验的婆婆，发现大财主来了家里，会在出门时要求人家拿出个钱币，放在婴儿的嘴边比一比，样一样。大方的财主会顺水推个人情，把这钱给小婴儿当了见面礼，小气的也就收了回去。如果没有这一出，又恰好刚出生的小婴儿也是个财心重的，等人家出了门就会在那个夜晚哭得停不下来。喏，就如我们家这个小臭东西。

我看了好几眼正熟睡的小婴儿，天庭饱满，五官周正，他什么都不知道，就被外婆和奶奶界定为财心重的人。按我的理解，这就是一个贪财的人了。这容易让我想起一些偏离正向的故事，这感觉实在太不美妙了。我估计妹妹的感觉比我还不美妙。紧接着，我就听见她在问，这财心重的人长大了会怎么样。母亲说，财心重没什么不好呀，说明他守得住财，比别人更爱钱一些，这种人不缺吃穿，家底厚实。这么一说，妹妹的脸上就笑成了一朵花。而我脸上正在开放的花朵被母亲一阵清霜就扫落了。她说，像你姐姐这样有什么好，口袋里有几块钱就生怕会跳出来似的，人无算计一世穷。如果我也像她这样，你们四个读什么中专、师范、大学呀。哎，不过这命都是天定的。你姐姐在小婴儿时，人家的拳头紧紧地握着，她的两只手，松散散地张开十指，一看就是手散之人，一生都不积财。

我本想好好地反驳一下母亲，一条短信提示音不恰当地推送过来，是信用卡的账单，我顿时像是嘴巴短了半截。这两个昨夜用最原始最古老的方法哄乖了她们的孙子的老人，却像是刚打了一场胜仗，让我们的质疑显得很是多余。妹妹说，万一是他刚好要乖了呢？我说，那手镯子为什么会黑了呢？母亲说，你们信与不信都不要紧，试试这些方法，又不麻烦，娃娃是最不会装病的，疼了就哭，大人知道疼在哪里，娃娃的疼说不了，只有靠经验。老人这么传下来，你们问什么鬼的原理，我们哪知道。我们只晓得，把娃娃哄乖，这才是最大的道理。

两个老亲家坐在沙发上，红天黑地[①]地摆起了龙门阵，都是讲一些鬼鬼神神，却又带着万分灵异的往事。我在想，若不是因为她们只隔着几座大山，地域相近，成长环境大致相同，她们会不会因为带娃的事情要闹出许多不愉快。红花紫草，南山北岛，总

① 红天黑地：从天上说到地下。滇东北部地区方言。

是存在太多异端的认知。好在,她们是听着同一种古老的传说长大,并是这些古老传说的忠实践行者和传承人，所以才有了昨晚的高度默契。若非是姻亲，她们这一辈子也不可能相识。

两个老人都是农民中的文化人，在贫寒家境中勉强读完中学，恪守勤劳，耕读传家。她们的肉身跪拜过脚下的每一寸土地，越过高山蹚过河流，像个顶天立地的汉子，使牛耙地，砍柴拉车，用无尽的劳动换取下一代人的体面和尊严。为了供养孩子们上学，耗尽了毕生的心血和财力。她们也许曾经想过，她们的孩子应该找一个条件稍好一些的人家,省去一些奋斗的辛劳,无奈事与愿违。她们抱怨不得谁家的贫穷，倒是有些惺惺相惜起来。从她们在客厅里滔滔不绝地讲故事的情景来看，找对象要门当户对这种说法在这一时刻应该是正确的。

想当初，为了让妹妹在昆明有个小房子，母亲带着她的孩子们是出了大力气的。她似乎心疼老亲家更为边远的山区，挂念他们家借来的学费还没还清。妹妹的小家安好了，母亲仿佛看见她的女儿们都有了幸福的日子，心满意足地在她的土地上继续劳作，继续刨她的金娃娃去了。母亲一生笃定，土能生金，土地能生长出人们想要的一切。此时，我们都在心里暗暗祈祷，希望这个叫瀚的小婴儿长大之后，一生不囿于钱财的牢笼，有宽阔的人生，能成为一只自由翱翔的雄鹰。

2

我出神地看着婴儿恬静的小脸，他忽然就皱了一下眉头。随即又进入梦乡，这个细微的动作让我想起了一个人。他是我儿时的小伙伴，前额上因为出水痘留下几个疤印，又年长我一岁，我便叫他小麻哥。残缺在四平村像是一种明晃晃的生活，人们对于天生的不圆满似乎自带宽容，仿佛只有认真而坦然地面对，才能愉快地融入四平村的生活。于是，聋哑的、瘸的、瞎的、憨的、疯的，他们各自进入四平村的环境里，成为彼此的镜子。

小麻哥爱皱眉头，一皱眉头就生出些鬼点子。没有鬼点子的时候，就是他真的难过了。前些日子，当了老总的小麻哥见到我，他说看见我在朋友圈晒了一幅我画的画儿，让他百感交集。在一盏茶里，他的眉头连皱了好几下，我忽然想起来了，小麻哥爱画画儿。

那时，乡村中学里第一次去了一个真正意义上的美术老师，他大大地打开了我们的脑洞：牛仔裤、卷长发、络腮胡子。最主要的是他能画出我们在书上看见的画儿。在一个中学生眼里，画得好的标准大概是画得像。小麻哥喜欢上了美术课，并立志要考师范的美术专业。他家的生活相对拮据，爷爷奶奶年事已高，父亲的身体时好时坏，养活五个儿女的担子几乎全压在母亲身上。小麻哥是长子，他想考取师范，毕业后当个美术老师，减轻母亲的负担。

中考前的美术专业考试，是在县城里举行。他母亲好不容易才凑齐了三十块钱，左叮右嘱送他坐上班车去考试。第一次出远门的小麻哥死紧紧地捂着袋子，买完车票还剩下的二十五块钱像是他的远大前程，每隔一会儿就要仔细摸摸那几块钱。山路颠簸中，小麻哥迷糊着做了一个梦，梦见他长了对翅膀，正发愁自己的翅膀该怎么穿进衣服。一个声音喊起：到站了，到站了。醒来的小麻哥一摸口袋，我的钱呢，我的钱呢，谁看见我的钱了？从座位找遍整个车厢，小麻哥的钱早已飞进小偷的口袋里了。他在车站哭得稀里哗啦，有好心人问一句，安慰几声，便都走了。大家都穷的日子，谁也顾不上谁的难过。

哭了好一阵的小麻哥想起了城里的一个远房亲戚，有人说他在水务局，有人说他在煤炭局。一个少年在陌生的大街上打听一个下落不甚明白的人，又累又饿又恐惧。好在，他运气好，终于在一个破落的院子里找到了亲戚。他叫了一声姨父，眼泪再也噙不住，他想他遇到救命稻草了，甚至他还幻想着能借到点钱，让他参加完考试，然后送他回去。

姨父收留了他一晚，让他吃饱并送他上了车，但拒绝了借他二十五块钱的请求。甚至连五块的车费也没有帮他付，头也不回就走了。车上，恰好有同村的人帮他付了车费。小麻哥一路哭着回家。他恨，他恨这个无情无义的冷血姨父，连二十五块钱也不愿意借给他，他可是有工资的人啊。

回到家里，爷爷刚咽了最后一口气。他哭，父亲哭，母亲哭，哭爷爷，哭丢了的二十五块钱。爷爷连一张照片也没有留下，小麻哥找来一张白纸，认真地画了爷爷的遗像。村子里的人都夸小麻哥有本事，说他画得太像了。

送爷爷上山后，小麻哥就外出闯荡世界去了。建筑工地，下水沟里，电线杆上，哪里需要工人，哪里能挣钱，小麻哥就往哪里钻。他心里只有一个想法，一定要混成有钱人，一定要过得油光水滑，让那个小瞧他的冷血姨父看看。

多年以后，小麻哥真的成了四平村的有钱人。春节回来，大鱼大肉，大米大面，挨家挨户去问候，尤其是家境困难又有病人和老人，还有孩子正在上学的家庭，小麻哥必须要多加照顾。那个帮他付了五块车费钱的叔叔，更是好酒好茶地送去，年年要把这恩情重新说上几回。小麻哥在心里一直不理那个拒绝借给他二十五块钱的姨父，直到他死了，他也没有去上一炷香。他觉得姨父是一个不讲情义之人，不值得他去尊重。但在不久前，他像是顿悟到什么似的，忽地在深夜给我打了一个电话。他说他不应该这么看那个姨父，也许他当时真没有二十五块钱。你看，他有六个儿女，个个儿都在上学花钱，哪里又会有多余的钱借给我呢？那些年，这头脑怎么就少了这根筋呀。

甚至，我也是一个少根筋的人，偏颇地以为小麻哥姨父的冷血耽误了一个画家的诞生，反倒是从不去怨恨那个该死的小偷，因为我们永远都不认识他。我一直在小麻哥红红黑黑的认知里沉浮，悲喜着他的悲喜。姨父已经走了，这件事情在他那里也许微不足道，却影响了小麻哥的一生。我就像马后炮一样，继续在小麻哥的醍醐灌顶里延伸。我说，你其实应该感谢他，不是因为他给了你一股恨气，让你发愤图强，你哪能有今天的万贯家财嘛。小麻哥说，如此，真是要感谢他老人家呀，哪天我要去他的墓前点炷香，好好地道个歉去。

随后小麻哥又回到他的胡同里，说，算了算了，如果他当初肯借我那几块钱，没准儿哥现在已经成大画家了，那得多风光多高贵呀，像我现在，虽说天天被人叫什么总总总的，我真觉得一点儿也不总，倒真是脸肿，打肿脸充胖子还差不多。我瞅了一眼小麻哥日益肥大的身体，拍了拍他的将军肚，说，这都几个月了呀。小麻哥摸摸他的脸，又轻皱了一下眉头说，你看你哥的脸真像发面发过似的，真要减肥了！

家长里短的回忆在茶杯里荡漾，仿佛我们一起走过的苦难时光都融在杯子里，化了。我们又想起那个淘气堂弟，好不容易有了五分钱的一个大镍币，无论是吃饭、走路，还是睡觉，都把它紧紧地放在手心里，生怕它飞了。有一回我们一起上山砍柴，他像往常一样把镍币放在嘴巴里含着，忽然惊呼一声，一条大花蛇正在他面前吐着芯子。我们吓得连滚带爬就下山了，半路上，他又一声惊呼，啊，我的钱。只见他用一只手往喉咙里使劲抠，另一只手在上下摸捏着脖子，折腾好一气也没见他的钱。小伙伴们怀疑丢在山上了，他一口咬定被他吞在肚子里了，就在看见大花蛇时被惊吓得。

听说要从他的身体里取出一枚钱币的花费很高，至少得做一个手术，这远比失去这枚钱币要损失不知多少倍的钱币，他的父母亲便放弃了这种想法。后来，他身体里的那枚钱币就像捉迷藏一样，一会儿摸得到，一会儿摸不到。有一回那枚钱币神奇地印在他的肚皮上，他一吸气，就能清楚地辨认出，小伙伴们都好奇地摸过。像是这枚钱币也没有影响过堂弟的正常成长，他长成了一个大小伙子，娶妻，生子。四平村的人早已遗忘了这件事，就连他的母亲也再没有在唠叨中提起过。

小麻哥说起这个淘气堂弟不太景气的生意，时常要向他找找借借，填补光阴流年。因为从小受过一次借不到钱的委屈，往后，谁向小麻哥开口，他几乎有求必应。有借有还，再借不难。这些年，亲戚们也常会来向我找找借借，我几乎也是有求必应。当然更主要的是他们从来没有开出过一个令我难堪的数字。倒是有一次，我真是拿不出对方想要的数额，帮不上别人时，心里充满了内疚，甚至十分厌恶自己，为什么这般没有本事，竟然连这点忙也帮不上。但在对方那里，也许存在天大的误会。至后来母亲听来的八卦，显然我是成了恶人，他否定了我从前帮过他的无数次。

小麻哥依旧在他形容自己每天爬泥啃土的世界里奔波，成为别人眼中羡慕的有钱人。风雨彩虹，都在他的口袋里揣着。有人在苦难中坚挺，有人在苦难中倒下。感谢苦难这样的说法是一种庸俗的慰藉。如果每一个人都可以掌握自己的命运，就让苦难和煎熬统统不要上岸。

3

我的思绪在婴儿“饿了饿了”的啼哭中飘落在客厅里，两个老人还在讲同一类神奇的故事。像是为了回应我的将信将疑，母亲把故事的人物移到我外婆身上。外婆已经去世整整十五年了。没有妈妈的孩子怀念妈妈的时候，就讲妈妈的故事。

这一路上，外婆就像一本长长的小说，带着马尔克斯式的神秘魔幻，在任何逼仄的空间，都能产生超大的情节容量。这回，是年轻的外婆哄不睡年幼的儿子，他的哭声刚被妹妹家的小婴儿模仿过，慌落落[1]、急吼吼地催人心肝。

那是一个街子天，阵雨下得密集，从南山北岭来赶乡街子的亲戚们就来外婆家里歇脚，喝些苦茶叶，说些家常话。来了一拨，走了一拨，又来一拨，仿佛外婆家也成了乡街子。黑了晚了，歇脚的床铺都不够了，一个个坐在火塘边摆白。小舅就是在那时候哭起来的。外婆实在不好意思问谁的口袋里钱装多了，他们在亲戚间信奉的道理是：人亲钱不亲，财白两分清。

外婆找来大锡，放在一个铁瓢里烧，烧啊烧，大锡烧成液体，再把它们倒在一个盛了半盆水的铜盆里。大锡遇水，顿时凝固起来。外婆一看，活脱脱是二姑父身披棕衣进门时的样子。外婆像是找到了最好的证据，指着那个成像，十分不好意思地对二姑父说，把你身上的大毫子（镍币）借一个来给我用一下。二姑父这才明白了外婆的用意，知道是自己身上的钱“敬着”了孩子，赶忙掏出两个毫子递给外婆，连说怪自己木楞了，怎么没想到孩子哭了是怪自己，今天真是在街上卖了一只老火腿，喏，钱还装在这里呢。

小舅顿时就不哭了。讲到这里，我有了反驳母亲的证据，那按这个说法，小舅应该是有钱人才对呀。母亲说，你觉得他财心

① 慌落落：指又心慌又饿的感觉。滇东北部地区方言。

不重吗？样样会钻会算计，这还不应验吗？相对别的农村家族，小舅确实算是手边宽裕的人家了。我顿时想起了小舅的左手，断了一根食指的左手。那是在工地上施工时，与他一起施工的人一个不小心就把一个大锤抡到了他的左手上，食指当场就飞了。处理事故时，推诿责任的托词遍地存在，从承包方到施工方，没有一个人愿意伸出肩膀扛着这事，都怕自己的钱财利益受损。万般无奈之下，小舅才打了我的电话。

在小舅的眼里，我像是一个长了些本事的人，也许能想出些法子。小舅缺了的手指，像在我心上豁了一个口。要知道，小舅是个手艺人，木活皮活铁活，砖的瓦的泥的，在他的双手上，全都不是事。只要是能赚钱的地方，小舅都愿意用他的双手去劳动。母亲的房子被一场火灾烧毁了，请来新建房子的砖匠中，小舅的活计做得又快又好，我站在一旁亲眼看着他的双手如飞花般舞动。所以，才有人愿意出普通人双倍的价钱请他去工地。

谈判的结果让我很受挫。一个手指头的价格三万三千元。而且并非是现付。如今，三年过去了。还有一万三千元未付，催促的电话连我都打得不好意思了。在这点钱面前，我和小舅都那么卑微。前几天，小舅的电话又来了。每每看见他的来电，我就觉得自己是这个世界上最无用的弱势群体。我恨我既不支持小舅当时提倡的胡闹，又没本事替小舅讨还一个公道。公司把责任推到了与小舅一起施工的人身上，要他承担责任。而那个人的荒谬逻辑更让人不可理喻，他说，他绝对不会赔一分钱，实在不行，他就伸出同一个手指，让小舅一锤子敲断一个，算是了结。

这样的话，让我误以为天下有一些人的心是横向生长的，它们从未在人体里正确地站立过。可我能责怪那个人什么呢，我有什么资格去说什么呢，都是为了在人间讨口饭吃。回到他们的口中常说的一句话：人为财死，鸟为食亡。为了能吃饱肚皮，他们耗尽了几代人的骨血。终于能让自己有些尊严地活着了，一些意外又横飞来了。

小舅依旧辗转于各个工地，为了谋生，他从没让自己闲下来。吃饭的时候，我看见他的左手，失去一个手指的左手，太像我残缺不安的日子。小舅说，我习惯了，别担心。我眼角的潮湿在那一个未赔偿的数字里，无声地涌起，又按下。在有钱人那里，也许连一顿饭钱都谈不上，而在我的亲人身上，是用肉身换来的一个空头数字。

小舅用一生捂紧了钱袋子。几年前，我曾经毫无情面地伤害过他。一边是躺在医院需要急救的外公，一边是在担心失去父亲又失去钱财的小舅。我站在医院的走廊上，像一头发怒的母狮子，为小舅刚说的一句话而大发雷霆。彼时，外公刚满八十岁，突发脑溢血送进城抢救。医生说，出血点太多，又是高龄老人，要做好后事准备。小舅听了这些，第一件事就是要忙着回去做棺材，木头早在屋子里了，木活出在自家手上。这些年，小舅忙着在外面苦钱，倒是忙得忘记了要把高龄老父亲的房子准备安生了。每每母亲和姨们着急时，他就咧开嘴一笑，这点活路出在我手上，什么时间开始都行啊。

小舅说，他要把外公拉回去了，省得人财两空。我坚决不同意。小舅向我放来一招，他说，那让我回去卖老黄牛来交医药费吧。一个失去耕牛的农民意味着什么，这我是知道的。他的这一句话像个炸药包，正正地丢在了他的雷区和我的雷区。我不顾医护人员来来往往，在走廊里就大声叫嚷起来。我说，小舅，你若是到了真要卖老黄牛的田地，这医药费全由我来出，但你连抢救都不愿意，你这是什么意思，躺在床上的是你亲爹呀。哪一次，我缺席过亲人们的疼痛了。这是我扪心自问的结果。小舅大概是被我吓到了，他自知理亏，别扭了一气，就同意了我的决定。

这一决定，为外公赢得了十年的时间。这十年中，小舅一边享受着自己还能成为一个孩子的欣慰，一边又忍受着伺候外公时的种种不易。而我常常在一些难堪的假定中，把自己审判为罪人。我不知道我是帮了外公，还是害苦了他。后来我为我的鲁莽向小舅道歉过好几次。天上雷公大，地下母舅大，这道理我懂。

小舅每次都笑得很开心，他说，没得事，没得事，你小舅认得好歹呢。

我每次去看外公时，除了买些吃的，就是给上几百块钱。起初几年，见到钱，外公会很高兴，他把它们收藏在只有他才知道的地方，等孙子孙女们开学时，分别奖赏给他们，并一再重复一些要让他们向我学习的老话。后来几年，因为行动越来越不便，他收藏钱财的地方就变成了公开的秘密。再后来，舅母们就商量着在换洗衣服时把钱分了。这种做法，让外公彻底失去了对钱财的兴趣。他对我说，你拿点来给外公吃吃就够了，钱在外公这里，还不如一张能擦屁股的手纸呢。

在世人眼里的金灿灿，到了生命边缘上的外公那里，它们就失去了一切光泽。这种退回到婴儿对钱财的无知状态，让我顿生了许多虚幻。像是中间的活着，都成了一笔笔来来往往算不清楚的糊涂账。钱到底是什么呢？如果人的一生不为钱财所累，除了吃穿有度，其余都在精神的滋养上，那该多好呀。然而，事实的真相是，只有人们对精神世界已无行动力时，对物质才是混沌的，但凡有一点对精神的主观能动性，都会遇到来自物质世界的种种困惑和干扰。从婴儿到老人的成长期间，没有人可以逃得脱的咒语是：天下熙熙皆为利来，天下攘攘皆为利往。人们在利来利往之间，产生人世的爱恨情仇。

4

两个爱讲故事的老人，当她们的血脉香火在同一个小生命上被延续时，像是她们一生的隐私都有了最佳的托付。她们忙着敞开自己，掏出心肝，亲如一家。多少前尘往事便像青山上的瀑布，飞流直下，碎玉与碧波，各自成趣。她们一会儿笑得前仰后合，一会儿手心对着手心互相怜惜彼此的疼痛。

我一时像个舞台上可有可无的道具，她们已经在说哪座山上曾经有土匪出没，抢过谁家的闺女，哪个村子哪个铁匠的后人如今怎么样了，我却还钻在“钱眼”里，被时光之机转得断了魂魄。

我想起了第一次对钱财产生具象的日子，那是一个炎热的夏天，知了叫得停不下来，门前的大河已经断流很多天了，黄土满天飞灰。我奶奶说我正在吃七岁的饭，又逢属龙的乡街子天，南山北岭的人都赶街子来了。隔壁的二哥和三哥像是闻见了他们身上的铜臭味，端着一个小桌子，说要去路口卖水。那时，还没有矿泉水，街上也只有两分钱一根的冰棍和瓶装的汽水。

奶奶说，你可以另摆一个小桌子，这样，你卖水的钱就是你的了。一玻璃杯水，加了糖精的，卖一分钱或者是两分钱。路过的人，问的人多，喝的人少。他们舍不得那一分钱，即使嗓子要冒烟了，他们也忍着走上十几里，甚至是几十里。大多人好奇的是我们的水从哪里来。方圆几十里路上的人都知道，四平村的水来自一个石洞里。他们对那个石洞充满了好奇，一个个伸手摸了摸冰凉的壶。到了傍晚，我一共卖得五分钱。而我的伞却被风吹翻了，断了一根伞骨，我很害怕因此而受到母亲责骂。

奶奶不动声色地把这事瞒过了母亲，还悄悄地给了我两毛钱，算是对我的奖赏。这样，我一共就有了两毛五，高兴得像个大富翁。奶奶让我收好了，这是我的钱。至于伞骨的事情，这村子里总会来些补锅修伞的人，叫我别担心。睡觉时，我小心地收好钱，夜里醒了，也要伸手去摸摸钱，才肯放心地睡去。有钱，这是一件多么幸福的事呀。

后来，我的哥哥们还卖过很多次水，奶奶怂恿我再去时，我再也不愿意去了，她就骂我是个拉不出圈门的。第二年春天，母亲栽了很多番茄秧苗，多余的就想拿到街上去卖了，但因为事情实在太小，又没有其他可以拿到街上去变卖的东西，母亲就打了我的主意，她说派我去一趟，卖得的钱全部归我。我跟着村子里的孃孃和姐姐们就去了，高高兴兴地去，灰头土脸地回来。

买苗的人不是嫌弃我的苗大了，就是说根上的土少了，一个小小人儿说不来话，不知怎么面对别人的嫌弃。我背着那些被太阳晒得蔫耷耷的苗回来时，手上拿着一个莲花白[1]，是帮同行的孃孃拿着的。父亲正背着一大筐粪迎面出来，他看见我手里的莲花白，把他的女儿也夸成一朵莲花白。我心里的羞愧真不能用语言来形容。等父亲夸完，我低头脸红地坦白，爸爸，我一分钱也没有卖得，这是小孃孃请我拿着的莲花白。父亲伸出一双大手摸摸我的头，连说了好几个“没事”。我想我是让父亲失望了，我多么希望我能做得好一点，至少能换得买一个莲花白的钱呀。

在一个七八岁的小姑娘心里，钱的印象带着喜悦和羞愧，知道那是好东西，又觉得那不是什么东西，但它却让四平村的大人们忙得脚底板翻天。我们整天忙着找猪菜、挑水、摘花、捉虫子、玩泥巴，哪里有些什么能吃的东西，想尽法子偷进嘴里。有一回，学校门口来了个卖油条的人，同学们很高兴，仿佛这个中年女人掌握着一门最了不起的手艺。油的香味从白布口袋里飘散出来，一群下课的孩子扑上去，几分钟就抢完了。馋学生，饿道士。这是四平村的人爱说的一句话。为了能吃一根油条，我像个老谋深算的人，老早就把我的两毛五分钱装在书包里，放在语文课本的第七十四页。等了好多天，那个女人又来了一次，我没抢得上一根油条，它们都到了高年级男生的嘴里。

① 莲花白：卷心菜。云南地区方言。

有一天下午，有同学从家里摘了些桃子来卖，用头巾结成四只角，一嘟噜就提着来了。红艳艳的桃子太稀奇了，四平村没有一棵这样的桃树。她叫卖三分钱一个桃子，八个桃子就花掉了我所有的钱，她没有找我的一分钱，便拣了一个最小的桃子给我，上面有两处结了疤。果子上长的伤疤，我们都叫作蜂叮疤，样子丑，但更甜。我舍不得自己吃掉一个，用头上的头巾结了四个角全部拎回家中。那时，四平村老老少少的女人似乎都有一块头巾，红底或是蓝底的花头巾，冷天捂耳朵，热天遮大太阳，对角一折，往头上一顶，在脖子里结个疙瘩，就是我们最日常的装扮了。我读到四年级时，母亲买了一块天蓝色的围巾给我，我一时像是成了同学中最奢侈最洋气的人，被很多人羡慕。

当我提着那一提桃子到家的时候，母亲破例地表扬了我。一个严苛的母亲，在我们的成长中充满了指责和比较。她一边吃桃子，一边夸好吃，顺便就夸了我几句。让我一时觉得这皇恩太浩荡了，有种想要匍匐在地的感觉。吃完一个桃子后，她忽然就关心起桃子的价格来，明明才受到表扬，我害怕她嫌桃子买贵了，立即翻脸批评，就哄她两分钱一个。没想到的是，她给了我两毛钱，让我明天再买十个回来。

那一夜，我左右横竖地难以入睡，最后只能向奶奶坦白，我买的桃子是三分钱一个的。奶奶为我补上了这个缺口。这是我第一次撒谎付出的代价，一毛钱的代价。但那个时候，一毛钱已经很多，它能买到十颗水果糖了。后来，当我不再为任何事情撒谎的时候，母亲又像是嫌弃我太老实了。在她的严苛下，我们都长成了一棵诚实的树，开多少花，结多少果，都问根说话。

四平村的孩子们是没有零花钱的，但人人都知道钱是好东西，它能换来我们想要的很多东西，没有钱的孩子就打起了歪主意。学校附近有一家换白糖的，用苞谷和麦子就能交换，或者是磨成的面粉也行。因为有了需求，就有了络绎不绝的行歪主意的人。四平村的孩子们趁大人还没起床，就偷家里的东西去换白糖吃。

白糖，也叫丁丁糖，这是我们心中最好吃的糖。丁丁糖，丁丁糖，吃了不想娘。母亲的四个孩子中，最先打这个歪主意的是她的小儿子，但很快就被母亲发现了。母亲这么骂，你这个做贼不会盖脚迹窝的憨狗，你偷面时留下的小手印记，这躲得过老娘的眼睛吗？后来全家说此事时，除了我和大弟没干过这偷的行当，小弟和小妹，他们都聪明地躲过母亲的监督。

某一天，大伯在猪圈的楼上发现了一蛇皮口袋麦子，他一边吸着大烟筒，一边说自己发财了。他说，是谁偷的麦子呢？敢承认我就还给他，不敢承认就归我家了。伯父的声音很大，院子里站了一窝窝的孩子，你看着我，我看着你，谁的脸上都没有写着一个“偷”字。这件事情，被伯父说了许久。大人和孩子们都在猜测，猜来猜去，我们都成了嫌疑犯。我好奇地问了小弟一些问题，母亲又扔来一句，没见过你这种憨的人，别人都会做了的事，也不见你做得了。这回，我又蒙了，倒像是母亲喜欢我偷她的东西似的。

后来又有人告诉我一桩更有趣的事情。与我一起上学的小伙伴中，有人也偷了一袋麦子，但被哥哥发现了。哥哥玩了个小鬼聪明，等他早起上学背着沉甸甸的东西，称好，换好，一袋沙子倒进了人家麦子堆里，才知这是中了谁的调包计。庄家还以为是他故意在戏弄人家，差不多要追到学校打他了。成年后的伙伴们讲起这些糗事时，互相揭底，煞是好玩。每年春节，这是不变的娱乐项目。

假期里，我们除了帮大人干农活，更多的是满山遍野去挖各种草药：桔梗、黄芪、半夏、黄根刺，但凡是乡街子上有人收购的品种，都是孩子们眼中的油珠子。为此，我们不辞辛劳，在大山、大河、大地、大洞里发现惊喜。为每次卖得的少许零钱而开心。当然，乡街子上的热闹新鲜事，也让我很是喜欢。

记得曾在一次乡街子上，走了三十里山路来卖萝卜种的老妈妈，卖得二十块的假钱。那时最大面额的票子还是十元，我还不知道有假钱这种说法。老妈妈拿钱去供销社买东西时，被告知两张都是假钱。那时候，我觉得供销社的女售货员们活得很高级，她们一边闻着香噜噜[①]的糖，一边扯着花噜噜的布，到处是花花绿绿的我们做梦都想得到的东西。

老妈妈一屁股就坐在地上，哭得把心都撕开了，路过的人一个个过去，你接过钱看一眼，他接过钱看一眼，没有人能识别真假是什么。供销社的售货员把钱一摸，说，这一摸就知道是假的呀。她的手真高级，一摸就知道钱的真假的手好高级呀。老妈妈一直在哭，哭说自己连盐巴钱都没有了，哪个黑心烂尸不得好死的人，哄[②]千哄万哄我一个造孽人。路过的人你说一声，我说一声，都不知道该怎么帮上她。

后来，我又看见有人收到过假钱，她在大街上号啕大哭。那时，市面上已经有了一百元面额的钞票。黑手们总是冲着那些活得可怜的人，又一个老妈妈卖鸡蛋收到一百元的假钱，她坐在地上哭得肝肠寸断，一个过路的好心人给了她一百元钱，老妈妈跪在地上磕头，千恩万谢。我一直目送着那个高大的背影消失在街上的人群中，我觉得他是我心中的大英雄。多年以后，我也收到过几次假钱，愤怒几分钟后，毅然撕毁了它们，我总是不由自主地想起在街上痛哭的老妈妈们。而有人却说我太傻，明明可以趁天黑在出租车上使了的，他们都这么干过，失手过，也得手过，为什

① 噜噜：语气助词，多用于形容词后。滇东北部地区方言。

② 哄：哄骗的意思。滇东北部地区方言。

么不试试呢。我一次也不愿意这样做。

关于收假钱最离谱的事，莫过于使用冥币了，总有些人借着乡间通信落后，在新老人民币交替，人们对真假钱还在晃眼不清的时刻，他们就活动于乡间，目光瞄准了放羊、喂猪的人，抓住他们想要卖个好价钱的心思，在价格上大大放水。于是，就有了老羊倌拿着一沓假钞去派出所的事。这假钞居然是冥币！这上面有着人类的聪明和愚蠢的深刻烙印，有着对这世界无限的嘲讽和悲凉。

好多年前我带着外婆去医院看病，一个黑瘦矮小的老奶奶，从几层衣服下摸出一块发黑的手帕，一把零钱在白花花的目光下，左数右数都还欠着二十几块钱。医院窗口里收费的姑娘在催促她，老奶奶急得要哭了。我说我愿意替她补上缺口，可老奶奶死活不同意，说不能白要我的钱。旁边有人小声告诉我，你没听她的口音吗？那地方的人迷信不能吃白白的药，不能点白白的香火。说无论是敬神还是看病，都要花自己的钱才能灵验。事实上，这样的说法，在四平村也是存在的，他们信奉靠勤劳得来的东西才实在。

这一路上对钱的认知，由模糊到清晰，又由清晰至糊涂，像是一生也读不完的书，读到每一个字都认识了，但对于它的意思却有千百种解释。就像我上过的无数次当，每一次都那么不一样。

5

在山高坡陡谷深的地方求生存，辛苦劳作一年，能吃饱肚子的人家就令人羡慕了。如今，常常有人喜欢吃苞谷饭和荞饭，美其名曰忆苦思甜，我却偏偏不能忘记小时候的理想是为了有一天能吃上白米饭。有白米饭的日子，就是四平村人最幸福的生活。

我上小学时，我们家有九口人，但只有七分稻田，产得少量的稻米，专门用来哄孩子、哄老人开心。隔上一段时间，奶奶就用铜锅煮上一锅白米饭，先舀一碗给爷爷，剩下的就到了四个孩子的嘴里。后来，七分稻田也变成了旱地，家里的日子在父母亲的努力下已经渐渐好起来——我们终于可以天天有米吃了。

一个黑黄色的东京麻袋装九十公斤的大米，那是一家人一个月的饭量。母亲多年以后回忆起来，一家人买米的钱都是一个大的算计。母亲经常骂我的一句话是尖嘴磨馋[1]。学校就在外婆家旁边，母亲说天阴下雨就去外婆家吃吧。我去外婆家，揭开锅看一看，有米饭的那一顿，我就留下来吃，没有米饭我就溜趟子走人。外婆就在我身后一边笑一边骂，外孙是外狗，吃了往外走。

有一次我带了一个四平村的小伙伴去外婆家吃饭，那是一个

① 尖嘴磨馋：指挑食。滇东北部地区方言。

大雪飞舞的冬天，深一脚浅一脚的雪，我们没法回家了。酸汤红豆泡苞谷饭，我和小伙伴每人足足吃了三大碗，吃得舔嘴抹舌。外婆看着我们吃得开心，她也很开心，但她揭开锅盖看了看，脸上就挂了好一层清霜，然后马上又笑了。

外婆借口带我上楼找针线，很严肃地对我说，下次你不要再带别人来外婆家吃饭了，因为外婆家的粮食不多，你看这一顿，你们多吃了，舅舅和姨们就要少吃或是不吃了。那是我觉得最好吃的一次苞谷饭，也是我有关缺少粮食的最严肃记忆。从此以后我再也没有带过小伙伴去外婆家。即使是我，也去得少了。最初还觉得外婆有一些小气，让我失了面子。事实上，外婆没有让我没面子，她没有在小伙伴面前拆我的台，是我自己在心里拆了自己的台。

外婆一共有八个孩子，除了出嫁的两个女儿，其余的都在读书。三姨上高中，四姨上初中，五姨上小学。舅舅们却整天在学校里打鱼晒网，为了识得几个字，外婆对她的儿子们怒其不争。她常常为孩子们的学费和伙食费发愁，山上，树上，河里，地里，外婆的眼睛不放过任何能换一分钱的东西。她把蛇皮口袋上的塑料丝线一根根抽下来，手摇着纺车纺成辫烟叶的长线，一分钱一根；她去山上采摘金丝梅的枝叶，晒磨成细面，擀成一炷炷清香，一分钱一炷；她翻山越岭去小乡街上收鸡蛋，只为去另一个小乡街上能卖一个好点的价钱，一个鸡蛋能赚一分钱。我见过她闭着眼睛纺线的样子，见过她负重前行的影子，见过她得了重病躺在床上再也不能劳作时的无助眼泪。

外婆巴不得能把一分钱掰作两半用。事实上，四平村真有一个人做到了。那时供销社卖盐巴，全国统一售价每斤一毛七分钱，她每次都只买二两盐巴，四舍五入付三分钱。这样，一斤盐巴就变成了一毛五分钱，十斤盐巴她就节约了两毛钱。后来村子里通了电灯，她只装了八瓦的灯泡，天一黑就赶紧睡了，生怕多浪费一点电费。一年下来，她只用了三块多的电费。这些事，早已成为传说，用来教导不懂节俭的后世子孙们。

外婆送给我的第一件礼物是一面小镜子，圆圆的小镜子像中秋的月亮，明晃晃地照见她的外孙女儿。我对着绿色镶边的小镜子臭美得不行，一会儿笑，一会儿做鬼脸。一毛钱一面的小镜子让我粗略地感知了美和情的本真，它一直伴随我至中学时代。每遇乡街子，到了傍晚，我喜欢看外婆背着箩筐走进四平村的身影，她的衣袋里收藏着惊喜。

外婆一直希望她的孩子们能有个读书有出息的，最好是儿子。在三姨和四姨都落榜后，外婆泄气了。四姨提出想补习一年，她的梦想是能成为一名幼儿教师。而三姨只能选择去遥远山路上的小学里当代课老师。四姨补习一年也未能如愿后，就外出打工学习理发技艺，后远嫁浙江。那些年，方圆团转的村子不时会有一些丢失了的姑娘，她们被人贩子卖到外省。有传言说四姨是被人卖了的，家人死活不肯相信，因为她一直跟家里保持密切的联系，每年春节都带着姨父回来。而那些被拐卖了的姑娘，都是数年未有音信，生死未卜，只等在某一天，突然就有了消息。

与四姨同嫁一村的本地姑娘一共有三个，她们是彼此在远方的亲人。某年春节，四姨与其中一个就闹翻了。原因是四姨的婆婆与儿子分家时，有五百块钱的债务来历蹊跷。左右问之，才知是四姨的婆婆花了五百块钱，请那个人介绍的四姨。此前就有传言说四姨是被她卖了的消息，立即在这五百块钱面前无处藏身。四姨哭得心肝肠子都碎了，原来她真是被自己从小一起玩大的族间姐姐卖了的。而婆婆却要把这五百块钱算在她头上，用她的油来煎炸自己的骨头，这是何等残忍的事啊。

对于这关乎尊严的事情，四姨绝不保持沉默。她跑到对方家里，几乎是大打出手，五百块钱被迫同意还给四姨，四姨却死活不肯接受。她说，你从哪里收的，就送到哪里去。婆婆尴尬地收下五百块钱，从此对四姨另眼相看：这云南女子绝非省油的灯。后来，四姨用她勤劳的双手过上了幸福的生活，每逢娘家人有急有难，定然要敞开胸怀倾其所有。即使是教育孩子，也成了他们村子里的好榜样。

到我读中学时，为了省伙食费，一些同学背来煮好的土豆，就着自家里做的土酱，就可以度过周一、周二。我也背去煮好的土豆，这样就能节约下一点偷买零食的钱，那时迷恋一种黄色包装的草莓糖和大白兔，觉得那是世界上最甜蜜的食物。曾经有一次回家里拿伙食费，因为要另交一些杂费，母亲准备的钱就不够了。我像是一个失宠的人，又哭又闹。为了凑够十八块钱，奶奶把它存着的镍币全部都翻出来了。

一个正处于叛逆期的少年，对母亲的苦口婆心一点不领情分。奶奶把一捧镍币交到我手上的时候，正听到母亲说了一句不顺耳的话。我把镍币像天女散花一样，全抛撒在了她们的脚下。素来对我疼爱有加的奶奶，这一次大发雷霆，她拄着拐杖艰难地把一分、两分、五分的钱捡起来，我一边哭一边看着眼前的这一幕。奶奶数次扬起拐杖想打我，母亲更是怒火冲天，手指头直指到我的脸上，极尽农村妇女骂人的难听话。但她自始至终没有说一句，不想读就别读了的话，我当时想要是她说出这一句，我就不读了，大不了被她嫁到大深山里，我一辈子不回娘家。

外面叫我一起上学的小伙伴已经来催好几次了，四平村离中学有五公里的路程。我哭丧着脸找不到一个台阶可以下来，我就那样站在堂屋中间，像门前那根拴牛的老木桩。母亲忙着下地去了，奶奶拄着拐杖来拉了我几次。她说的一句话让我动了心。等你将来读好书，翅膀毛长硬了，能自己飞走的时候，就长大本事了，现在吃穿用度哪一样不是靠你妈，她一天苦死累死，指望你们有个好的将来，你还抵着她，像横了的牛一样。

奶奶把水倒在铜盆里，把毛巾拧干递到我面前，说，快洗洗你的花猫脸吧，上自习都要迟到了。我从小就活在奶奶温柔的恩宠里，她怕我饿着冻着，样样尽着我用最好的。帮我洗脸洗脚，搂我在怀里，讲风的故事、雨的故事，讲那些年吃不饱的肚子、吃不完的苦头。在奶奶的眼里，生活每往前移动一步，她都以为是好日子的尽头了。

柴米有多贵，我不关心，我只关心我的伙食费是否能按时拿到。对于班上欠了学杂费被催费的同学们，也没有什么特别的感受。没有钱打菜的同学买了一瓶酱油，稀释了放在罐头瓶里，用来泡饭吃，好香甜的吃法呀。同学们争相效仿。南山北山上下来的干酸菜和糟辣子，都成了大家开心的饭点。有一个同学还带了炒火腿，因为火腿昂贵，她一个人放在箱子里吃。被同学们发现以后，倒是成了她道德品质的缺陷，被人看不起，说她是个小气的人。我们没有看不起贫穷，因为我们都在贫穷里挣扎，没有谁比谁过得更高贵或是更低贱。

我十五岁考取中专的时候，成了村子里第一个有铁饭碗的人，全家人都很高兴。但高兴了几天后，就开始为我的学费发愁了。我却正在因为没有录取至第一志愿的杭州而伤心不已，我想去上高中再去上大学，但没有任何人支持我。他们正在庆幸我录取到本地的中专学校，可以省下好多交通费。

我的大学梦就这样破灭了，但也因为手里即将有的铁饭碗而沾沾自喜。母亲用勤劳换来的钱，让我在学校里衣食无忧。而班上经常考第一名的同学，却因为家庭拮据而节约到令人难受，有多余饭菜票的同学就偷偷在他的桌子里放一些。班级有人开始勤工俭学，我也加入他们的集体。我们把劳动光荣写在脸上，成为这个学校最牛的班集体之一。学校里的每一样活动都有我们班集体的荣誉。我的奖学金或是参加各种比赛的奖金，让我成为一个不贫穷的人。在期末大家手里都紧张的时候，我却有余钱借给同学们了。不外乎是三五十的面额，却让我十分有成就感。

甚至我让奶奶第一次穿上了皮鞋，每个学期领到奖学金，我都会去一条专门为小脚老人做皮鞋的街上，为奶奶挑选一双皮鞋。这成了全家人最可炫耀的亮点。奶奶跛着一只脚穿上皮鞋时的开心，像是孙女儿把所有的奖状都套在她的脚上。这些美名被风传播得很久远，几座山外的人都知道，奶奶有一个最懂事的孙女儿，以前她帮她孙女儿梳理头发洗脸洗脚，现在孙女儿帮她梳头洗脸洗脚。

我第一次领到五百元的工资时，开心得像麻花一样。我终于可以想吃多少麻花就吃多少麻花了。每一年过春节时，单位的车相送，后备厢里装满我买的东西，左邻右舍的人们羡慕不已，一时成为村子里的孩子们的榜样。长大后想成为我这样的人，成了他们读书的动力，因为有钱了就能买很多的东西回来。钱是一种被量化的东西，可以填满我们的身体对物质的欲望。因为我们的物质曾经那么贫乏过。

单位集资盖房子的时候，我迅速回到了贫穷里。与我同龄的单位小伙伴们，他们的父母为他们提供了房屋的保障。眼看我要放弃这个机会了，父亲却带着一笔钱来了。我不知道父亲是怎样借来这笔钱的。再一个周末母亲又来了，带着她存下的五千块私房钱。二十世纪九十年代的五千块，是一个巨大的数目。母亲第一次跟我讲述了私房钱对一个女人的意义。她告诫我一定要给自己留一条后路。我第一次在母亲的私房钱面前感激涕零，母亲想把我的心装在一个容器里，妥妥地保管好。

后来有了按揭贷款，从银行置换还了父亲借来的钱。父母亲大概没有想到城里人对女儿生活的规划中，也许会有一条是想让女儿找一个有房子的婆家。他们从来没这样想过。他们希望自己的女儿艰苦奋斗，能硬气地过日子。

当我终于可以衣食无忧地过自己的日子，也能帮别人的时候，我从来不敢缺席亲人们的困难。弟弟妹妹们一个个从我身边去上了大学，后来表弟表妹们来了，侄子侄女们来了。来来往往的热闹让我觉得自己被需要是一件重要的事情，因为我的存在，亲人们可以免受在城里无枝可依的不安。借钱的，看病的，上学的，他们需要的时候，我在，我一直在。

曾经有过这样的一周。周一，借钱的堂哥来了，时值冬天，村村寨寨都在杀猪忙，他要买些小肠做点小本生意，借走了五百块钱。周二，看病的伯父要住医院。周三，表姐家的孩子下学期要转学。周四，表弟翻围墙出校，老师要叫家长。周五下着细雨，天气很冷，我猜想今天不会有什么事了，晚八点多，婆家耳聋的侄儿打工受骗，没有领到老板一分工资，还被人痛打了一顿，需要借二百块钱回家去。这样的家事，对我是家常便饭，无非是间隔周期的长短而已。

一个想护我周全的男人，就打起了他的小算盘。他希望有一天能做个有钱人，应付所有的俗务，并给我的慈眉善心一个巨大的安慰。我爱管闲事的热情被忠告无数次依旧无效以后，他开始改变自己。他曾经这么对我说，你不是圣母玛利亚，你不是世界警察，你管不了那么多的事情。他还说，你给自己买一件衣服都那么节省，别人一开口，你却那么大方。事实上，我真拒绝不了他们的请求，仿佛我挂了电话就是挂了他们的希望似的。

直到后来我觉得自己廉价的善良受到了种种的伤害，我才有些醒悟，但却是很晚了。他已经走在拼命赚钱的路上，也像是有了一些起色，貌似能给我一个安全的港湾，可以放纵我的任性了。我尊重他的事业，从不过多干涉，他忽视我的写作，从不愿意当我的读者，我们在一些碰撞中各自安好。看着许多夫妻为了娘家婆家在一些细小利益上分出的彼此，互相要偷偷摸摸，偶尔还要闹鸡飞狗跳，我就暗自庆幸自己有一个大女人的心态。我一直在想，嫁给一个男人，为什么不能全部信赖他呢？

然而，好景难长。十年一梦，未到扬州，未见烟花三月。当有一天，我的信赖终于掉在黑洞里的时候，我的厄运就来了。

6

秋天的暮色，有几丝冷。孩子与小伙伴出去骑单车了。傍晚，孩子打来电话，妈妈，我可以买只鸡腿吃吗？我的情绪顿时在这个电话里失控。一周前，孩子刚知道家里发生的大事，距离出事已经过去八个月了。如果我还能扛得住一天，我万万不愿意让一个正在成长中的少年知道家里的天空塌下来了。我独自用肩膀撑了很久，很久。我只想让孩子一直在无忧无虑中长大，长成一个孔武有力的英俊青年。然而，一声惊雷差点掠去他父亲的性命。他愚蠢得想要用自己的生命谢罪，以为这样那些投资者就会放过我们娘儿俩。

他终是想得太简单了。在真金白银的钱面前，每个人都像抱窝的母鸡，只想护住自己的金蛋蛋。之前，曾有一个朋友历经劫难，他在生意做得风生水起时，他是人人心中的金主。他们把手中的钱投在他的企业，想换取更多的钱。周而复始，年年有利，利生利，利滚利。眼看他起高楼，眼看他宴群宾，个个儿欢声笑语，仿佛人生的巅峰时刻都在一堆钱里得到了最大的扩张。在他的企业面临破产清算时，那些从前对他笑脸相迎的人顿时变成了他的仇人，他们纷纷揭竿而起，争相着去瓜分他的财产，甚至债权人之间还发生了冲突流血事件。无利不起早的人，他们想要榨干他身上的最后一滴血。一些豁达的人想通了，便放过他几马。一些人却走向了极端。

他不想任何人来糟蹋他的尊严，他只想一死了之。他在酒店的桌子上写下遗书，请求那些曾经在他这里得到利益，又把利益不断投给他，希望榨取更多利益的人不要伤害我和孩子。他以死谢罪。同时又写了一份免责条款，希望公安人员在找到他遗体的时候，不要追究酒店的责任，这是他自己的行为。还发一份定时邮件，三天后让我收到。

他已经算好了，三天后是我的外公上山的日子，我送完外公回来就能得到他的死讯。他在邮件里说我太可怜了，几天之内就要接连失去两个重要的亲人，对不起我和孩子，希望我能原谅他。

得到外公去世的消息时，我正在橘子洲头。我刚获得一个文学上的小奖项，并陪同行的姐姐来长沙看她女儿。毛泽东诗词里刚生出的豪迈情怀，被一个电话瞬间摊平了，我像一张没有筋骨的大饼，瘫倒在地上。是他不动声色去高铁站接的我们，我从未看见他的脸上有过去意已决的表情。他笑呵呵地请我们吃饭，笑呵呵地让我多吃点，笑呵呵地让我安静，别急。一切都像往常一样。

变脸发生在屏幕上。我问他是不是赶紧陪我回去看外公最后一眼。他漫不经心地回答说不去。我不想去。看见这四个字的时候，我的眼泪断了线。这个我与他同床共枕十六年的男人，在我的亲人死去时，他是这样待我的。我不能要求他能像我一样爱我的外公，但这是我的母亲和我最悲伤的时刻呀，他怎么能漠视呢？

我的眼泪洒在山路上，一边开车，一边痛哭。哭我的外公，哭我半生的悲哀。我不敢告诉母亲他不想来。母亲是那样爱他，像爱自己的儿子们，甚至比爱他们更多一些。母亲最是怜惜他七八岁就失去了自己的妈妈，便处处要护着他。他曾对我说过，自从他的妈妈去世后，再也没有人像我的妈妈这样爱过他了。

我并不知道，他是要在那一天结束自己的生命。深夜归来，家里空荡荡的，像是有某种异样，又说不上是什么感觉。我忽然发现桌子上放着的钱和一些证件。打他电话，不接。再打，关机。

难熬的一夜，我在心里猜测了一万种可能，从未想过他正在生死潭中挣扎。打电话给警察朋友，请求查一下他在哪里，对方宽慰我说，一个大男人不会有事的，他已连续工作二十四小时，才刚回到家，答应第二天帮我查一下。第二天一早接到医院的电话时，我心惊肉跳。我的第一个念头是他的事业失败，黑天鹅从我家门前飞过了。

后来的事情，我更愿意选择屏蔽，每一次回忆都让我心碎。尤其是接到孩子的这个电话。我们什么时候把日子过到孩子想要吃一只鸡腿的钱，都需要小心翼翼地顾虑了？挂掉电话，一个人痛哭。一个护不得自己孩子周全的母亲，活得那般耻辱。

一个小小的县城，到处都是熟人，有多少名就会有多少损。即使我想狠命地压过这阵狂风，我却不能小看孩子的智商。他一次又一次地拿着一些疑惑的证据质问我时，我感到了恐慌。更多的是对自我愚蠢的嫌弃。为什么我跟一个人生活在一起那么长时间，我却不知道他背着我干了什么？为什么要接受那么多人的投资，却写的是高利的借条？如果他背着我去找了一个女人，这种一哭二闹三上吊的事情听多了，当发生在我身上的时候，最多也是一哭二闹三上吊就过去了。如今面临的却是沉重的债务，它将让我的生活陷入长期困境，我和我的亲人们都成了钱财的陪葬品。

我曾一次又一次地想杀死自己。在黑暗深处，我想过许多种死法。我站在高楼上，我手握利刃，我打开致死的药物。当别人凌辱的语言抵达时，当别人议论的声音涌来时，我在屈辱中穿过别人同情或是恶毒的目光，我感觉到每一天都是世界末日。如果死去可以让我彻底解脱，就让我飘出这可耻的人间吧。

每一天，我都需要花太多的时间来抵抗现实和想象力带来的创伤。那些戴着镣铐的眼神和嘴巴，从来没有放过俗世的卑微和悲苦。那些尖锐的敏感，是划伤自己和别人的利器。他们往我身上泼什么脏水，扔什么沙砾恶浪石，都成为种种常态。看热闹的人从来都不会嫌事大。我在抬头之间，一不小心就看见这些人中有我曾经深爱的朋友、亲人。

好几年前，另一朋友家也遭遇过这样的事，那时听来多么像一阵风呀。债主们催命似的逼债，逼到他已经活不下去了，他想好了，他要和债主们同归于尽。他假装已经向某人借到钱了，要带着债主们去拿钱，半途上有一个悬崖，他们一起冲下悬崖，一起了断生死债务。他的愚蠢行为终是被聪慧的妻子识破了，如今他们已经渡完人间劫难。他的妻子对我说，妹呀，没什么过不去的坎，你可千万不能想窄了呀。

另一个朋友说，我曾经在最难熬的日子里研究过无数种死法，怎么才能死得有价值一些，也就是说，在我所有的财产都失去以后，我想用最后的生命来给孩子换取些什么。从保险公司的赔偿条款，研究到单位的意外事故处理，最终还是战胜了最绝望的时刻。

如今回望过去，真像一场噩梦啊。没有亲身经历过这些艰难的人，说什么感同身受，都只是嘴上的一阵风。妹啊，你要挺住啊。

在别人的一番番劝慰里，我像是暂时获得了一些生的力量，但不断面临的麻烦事给我带来的种种困扰，让我寝食难安，我常常不能停止想杀死自己的念头。抗抑郁的药，吃了很久，收效微弱。彻夜睡不着的煎熬，让我的头发大把脱落，脸上的色斑日益加深，就连身上的月事也变得神出鬼没。

长期的悲伤和忧郁，让我身体的各个器官出现了种种不良反应。单位组织体检时，体检单上的长串医嘱令人心生恐惧。可如今，这个风雨飘摇的家，已经病不起了呀。瘦下来的十公斤体重，我多么希望能换成一盆猪肉啊，猪肉那么贵，我却一下就成了穷人。

这个世界对待穷人的态度像是从来都没有改变过。除了势利还是势利。锦上添花的人那么多，那是他们可以闻到花香。一个坠落在井底的人，要接受别人扔来的那么多石头，而我必须要带着我的孩子匍匐在井底边上，等有一天扔的石头足够多了，我们才有走出井底的机会。一个在九十度的井壁上都能行走的人，还有什么样的困难是过不去的呢？心里充满正能量的时候，我常常这么想。

但生活中有太多负能量，像乌云一样压过来。比如有人发信息给我，要跟我和我的儿子同归于尽。比如我最好的朋友让我坐在了被告席上。比如他的亲人也漠视他的生命，眼睛更关注钱的时候，我就觉得这世界暗无天日。多少次，我痛哭到没有一点求生的念想，也没有一丝求死的力气，从头皮到脚底，浑身发麻，气血虚脱。据说一个人没有责任心的时候，可以活得为所欲为。他已经这般对生活为所欲为了，我应该怎样才能活下去呀？

世界在我面前颠倒了。我像一个刚刚经历了爆炸案的人。拿着炸药包的是自己家的人。他炸毁了我的房子我的家园。他还想把自己炸死了。而他还活着，我看见一个活着的他，一个血肉模糊的他时，我不顾危险地爬向他，想要救他出来。而他却不愿意把手伸给我，拼命要往火堆里蹿。我的脸上、腿上、手上处处是玻璃碴子划伤的地方，流着血，流着泪，我哭着喊着爬向他。

我活着。带着沉重的责任活着。每当我喘不过气来的时候，我就想着我需要找一个倾诉的人。我翻开通信录，想起一个姐姐。她不幸成为我预设的那一根稻草，但她没有领会一个在绝望中想要杀死自己的人的心，也许我只是需要一个电话、一个肩膀。她并没有那么做。当我告诉她我多么想死掉时，被她视为是对她情感的绑架，对我一顿训斥。我的绝望一时被推到了冰点，锋利的尖刀在我的脉搏上方颤抖着，只差一点我就要向自己下手了。这时，母亲的电话打来了，她像是知道她的女儿要走向死路了，像叫魂一样呼唤我。在那一刻，我手里的屠刀放下了。如果我死了，这个世界最伤心的人只会是母亲，还有我未成年的孩子，他们将成为我遗弃在人间的最大受害者。

我在泪水中慢慢冷静，捧起一本写母亲的厚重的书，似有袅袅梵音正从遥远的地方传来，带着母亲的体温。后来，我便不想多说话，更不愿接受别人对我的怜悯和同情。尽管有人对我说，我一直在，这些温暖让我的悲伤无处藏身。但我真的不想说了，我不想一次次地撕开自己，撕裂自己。我已经嫌弃自己说得太多了，风那么大，到处都是豁开的口，我一不小心就活成了笑话。

我拒绝别人来看我，拒绝参加一切饭局。所幸有微信朋友圈，这是我最直接的宣泄通道。每当我发一些疼痛的文字，就不断收到一些关心。这又成了我心里的另一种暗伤，我不能让关心我的人担心我啊。我想起了祥林嫂的悲剧，随后便只是一些报喜不报忧的轻描淡写。来来往往的帖子，稀释着我的痛苦。看上去，我像是一个活得开心的人。可即使是这样，也依旧有人要嘲笑我，在他们那里，我成了一个演戏的人。人性之恶，在闲言碎语之间，成了一把把隐形的杀人刀子。

人在低处难处时，说什么做什么都是错的。一切无影的泡沫，都有可能会被臆想和放大，像是人人都有评论的资本，践踏的力气，聚众的本事。无取舍，无净垢，无甄别，无意识。泼洒，倾倒，散播。

成为霜，成为冰，成为雪。

看着被催熟了的孩子，常常令我心疼，他小心翼翼观察我的脸色。有一天在我情绪低落时，他用坚毅果敢的语气说，妈妈是女汉子，妈妈一定要挺住，纵然是天大的困难，终有一天都会成为小事。那一刻，我有了战胜一切困难的勇气和力量。

钱的世界，照进心肝，照见心酸。小弟说，别急，一切都是最好的安排，你看老天对你真好，若不是扫黑除恶的政策，我肯定每天都要提个棒棒守着你们娘儿俩了。我扭过头，眼泪顺着我的脸流了下来。万水千山，唯有着血脉相连的亲情，让我觉得世间安好。

我曾经那么恨，恨这满世界的谎言。明明是用来投资，坐享了利益的，却在起诉书上要写这钱是用来买车买房的，为了利益，他们无视情义和道德底线。多么荒唐的人间啊。我恨他不听我的忠告，背着我做下了这些不可收拾的事，母亲说，这世间有哪个男人不背着女人做下多少事情呢？兜得住是人家的，兜不住才到你的身上。然后母亲给我讲了父亲的事。人有三穷三富，瓦有十仰十合，谁知道未来过的什么日子呢？母亲说，我的儿，别去恨什么，是命，让你认清世上的人和事也是好的，老天赏你什么日子，你就把什么日子过好吧。

母亲的睿智像一个宽大的容器，收藏了我的恐惧、不安和悔恨。

父亲去世，我们整理遗物的时候，发现很多借条。那些人中，有他的领导、同事和朋友，他们中从来没有一个人主动提过他们欠父亲的钱。但父亲欠别人的钱，都一一找上门来了。最先找上门的是父亲的堂弟，父亲刚从医院抬回来，还没装进棺材里，我的叔叔就来了。

一百六十块钱。母亲记恨了一辈子。我一直不知道母亲为什么会对叔叔有那么大的成见，好几次叔叔生病，住院，我去看，去张罗，母亲都不高兴。这一回母亲告诉我：你爸还躺在地下，还没装进棺材里，他就来要债了，说你爸欠他一百六十块钱。母亲说这些时，眼睛还有泪光，她是心疼父亲的兄弟面对壮年死去的哥哥时，他首先想到的居然是这一百六十块钱。骨肉的亲情寒了母亲的心。更令母亲寒心的是，叔叔并没有说出真相：这一百六十块钱不是父亲借来自己用的，而是父亲当着他的面借给另外一个叔叔的。

村子里来了卖炭的人，另一个叔叔要买炭，他没有一百六十块钱，就给父亲借，父亲当时口袋里也没装钱，刚好遇见叔叔从那里经过，就问他借，叔叔递了一百六十块钱给父亲，父亲顺手就递给了另一个叔叔。刚好村子里有别人在场，当这件事情讲到母亲的耳朵里，母亲就更难过了。她像那些年咒瓜咒菜的老奶奶，在村子里把所有的悲愤都发泄出来了。好多天后另一个叔叔上门还了一百六十块钱，说怪他忘了这件事情了。后来听说我们要还父亲欠别人的钱，骗钱的人也来了，一个个都打着父亲借钱给我们上学的幌子。

父亲的借条在我手里，弟弟们说都撕了吧，我们也不指望给别人要这些钱去了。八千多的借条，我撕碎了丢进垃圾桶里。如今十五年过去了，他们中没有一个人出现过，一些人死了，一些人还活着。一些人活得风生水起，一些人一直在穷困潦倒中。当最后一个在街上卖肉的人向母亲追讨一千块钱，被母亲骂得狗血淋头的时候，再也没有人上门来说父亲借钱给我们读书的事情了。母亲说，那些年，你们几个读书的钱，哪一分不是经过我的手的呢。我一时分不清善恶的模样，我不知道那些人揣着什么样的心思来对待我们孤儿寡母。这种苦头，母亲吃尽了。

母亲曾经把对钱的经验都特地传授予我和妹妹，她说无论嫁给谁，自己一定要留些私房钱，有了钱自己才硬气，但我们都没有听她的，我们以为只要爱上一个人，跟他过日子，我们就要齐心协力，毫无保留。

直到今天我才知道母亲做的一切都是为了她的孩子们好。如今我却让她深深失望了，我从后面抱着她日渐消瘦的身子说，妈妈，我对不起你。她说，傻孩子，没什么对不起的，这世上哪有什么平平坦坦的路呀，你好好走就是了，妈只恨老了挣不来钱了，不能帮你分担一些什么了。每每想起这些话，都让我眼泪长流。我身上的疼痛，到了母亲那里，都是放大若干倍的疼痛。

第二个周末母亲给我带来了一沓钱，这是她从牙缝里省下来的一万块钱。她说让我留着急用，打死我也不能收下母亲这些血汗钱呀。最近，母亲又嚷嚷着要把土地要回来自己耕种，一年养几头猪，火腿就不用买了。我深知母亲的心，是想为我力所能及地卸下一些担子。越是这样，越让我悲伤难忍，我是人间最不孝的女儿，让母亲老来不得安生。

几年前，母亲的头部长了个肿瘤，不知是良性还是恶性，为了让她接受做手术的建议，全家人耗尽口舌。当我承担所有的费用时，弟弟和弟媳，妹妹和妹夫们都不高兴，骂我霸道，妈又不是我一个人的妈。母亲也不高兴，说她又不是只生养我一个。检验的结果是良性时，全家叩谢天恩。邻里羡慕母亲，教育出不计较钱财的孩子们，从未因为钱财的事情争执过。生怕别人吃亏，绝不多占别人便宜，这是母亲教给我们最起码的做人道理，我们从来不敢忘记。

如今，我遇见了天大的困难，母亲和她的孩子们，又一个个伸出肩膀替我扛着，陪我度过一个个难熬的日子。我也终于懂得母亲为什么在一百六十块钱里耿耿于怀。那是一个人对钱财最基本的底线——绝不能乘人之危。当你的亲人挑战了你的底线，比任何别人都更加疼痛。他们拿着一根生锈的钉子使劲地钉进你正在流血的肉里，而这种感觉正在我的身上发生。没有任何亲身经历的换位思考都显得太轻薄。在这一时刻，我忽然就体会到了母亲身上的种种伤痛。

好在，他活过来了，但离站起来的日子还很远很远。所以我愿意对我日渐懂事的孩子抱以深深的谢意，感谢他没有给我的生活添乱。有时候觉得生活对他太不公平，有时候又觉得这没有什么不好。我想起了四平村的柿子树上结的那些柿子。有伤痕的柿子总是容易成熟而且更甜。这是植物的世界给我的启示，放在少年的身上，也许正合适。

那一年，我和我的孩子都暂时输给了一只鸡腿。

7

有一天晚上，我做了一个奇怪的梦。梦里我从一座高楼上飞过玻璃往下直冲，我一边坠落一边欢喜，想着这轻飘飘的身子骨就要飞往极乐世界，这人间的疾苦再也与我无关了。醒来，发现自己还活着，心中的恐惧顿时像荒原一样广阔，我用双手紧紧地拥抱自己，许久不能释怀。

好一段时间，朋友担心我会抑郁，我会自杀，我发朋友圈，像是为了让他们看见，我还活着。浑浑噩噩地过了一天又一天，无数次坚持不住的时候，就不断有人提醒我是一个母亲、一个女儿、一个作家。突然之间，一场席卷人类的灾难让我再一次重新审视了生命和钱的问题。是的，有钱并非万能，但没有钱是万万不能的，但这些在生命面前都不值一提，没有什么比活着更重要。无非是一些艰难和体面，一些羞愧和懊恼。我身体里的两个自己一直在战斗，而好的一方总能战胜坏的一方。它们一再拓宽了我生命的极限，让我在泥沼中，还有仰望星空的能力。

这些都是母亲种植在我身上的东西，准确地说，是外婆留下的精神遗产。她们曾经经历了那么多的磨难，依然相信天道酬勤，依然相信人间自有真情在，依然相信明天会比昨天更好一些。外婆因为接受过一个青年人在危难中的情义，就把女儿嫁进了贫寒人家。母亲一生勤劳节俭，讲理讲法，在别人争破脑门想吃一个低保户的时候，母亲拒绝了。母亲说，我有手有脚，有自己的孩子们，我干吗要白吃白拿国家的呢？

我不再想杀死自己。你看，疫情来了，想要一个人死的时候，连一个家都毁灭了。老天不灭你的时候，干吗要撞上去呢？朋友的好意我都心领了，但我没有向谁解释的必要。别人的误会在我这里将不值一文钱。知我者无须我解释，不知我者我解释又有何用呢？别人眼睛里的我是别人，而我必须要活成我自己，带着我的孩子，活成我们自己。

有朋友给我扛来一麻袋过期的钱，摊开那些民国的钱，华华丽丽的一堆钱，它们散发着腐朽的味道。那是他的祖辈用血用汗换来的，如今它们只是一种纪念，更是一种祭奠。为了得到这些钱财，他们翻山越岭，风餐露宿，想给子孙后代留一个安稳的港湾。踏破了鞋子，剐破了衣衫，为了钱，他们忘记了自己的肉身。

无论他们想得广厦万千，还是想让子孙昌盛，最后他们都成了一堆黄土。但无可否认的是，他们是他们自己，是那一个时代大写的人。尽管后来这些票子都成了废纸，但子孙后代对他们心存敬畏。那是他们在向生活下跪，致敬，在向天地神灵诉说一个人活着的大写模样。

不肖的子孙们，坐吃山空的大有人在。而光宗耀祖的心随处可见。此刻，坐在我面前的他，正从容讲述一件波澜壮阔的事，关于钱的波澜壮阔的事。他秉承了祖辈艰苦创业的精神，置下了一些令人羡慕的产业，曾经是别人眼中的有钱人。豪车豪宅，一对女儿如花灿烂，学业优良。但一个人对于成功的更大愿望，会被一双无形的手推赶着往前走。上了一个台阶，他们会为自己设立另一个台阶。总以为应该抵达一个更高的台阶，才能完成励精图治的一生。这一点他与他是何其相像啊，难道这就是男人想要的江山吗？

与其说是对成功的向往，更不如说是贪婪的陷阱。人生的智慧里少了最关键的一步棋：及时止损。当山河崩于眼前，他们连卧倒的力气都没有了。他说，你看看这一堆钱，它们是什么呢？好吧，我用一个文艺些的名字，过期的钱。什么东西过期了，都不值钱了。物象的传说里，还有“古董”一词。而一堆破旧的钱，被重新赋予了另一种意义，它唤醒了我对钱的深刻认知。如果说外公在明白几张钱对他并没有几张手纸重要时，他对钱的执念就舍弃了，与朋友的祖辈的巨额财富化为乌有，既有同质性，又有异质性。拥有的与失去的，它们也许只是一道简单的数学计算式，而所有的量变与质变皆遵从于哲学的模式，然，终将随着生命的离世变得虚无。

朋友说，不管丢失了多少钱财，这是命，我认了。他说得斩钉截铁，让我相信他真的认了命。后来的故事告诉我，没有谁甘于认命，尤其在金钱里。当他的事业在一次博弈中要立即化为乌有时，他拿着一瓶敌敌畏要与强大的对手以死抗争。他的决绝，让他貌似赢得了一些机会，终究他没有成为一个一无所有的人。其间的悲欢，只有身经其中的人才能体悟。也唯有真正经历过大名大利的人，才真正有资格谈淡泊名利。此后，他像是对自己有了更清醒的认识，在损失的钱财面前，生活向他打开了众妙之门，他不再执念于银行存款的数额，整天沉浸于医学、太极、五行和佛法里，了悟生命的另一种真谛。

某日，我去拜访他时，他正在一把长条椅上熟睡，身旁有一株梅花开得正好。他被我惊醒时，笑说他梦见了梅花仙子。他嘿嘿一笑，像是一场人间春梦。他说上个月帮一个半身不遂的人免费治疗，已经初见成效。余生，他绝不会与这些拿不出钱的人谈钱，送人欢喜和健康，这才是人的本心啊。他还让我记住一点，唯有跟拿得出钱的人谈钱，钱才可能成为有意义的标的物。除此，皆是人间冤孽事。

无论何时，我始终坚信，世间最昂贵的东西永远是情义。这是检验一个人生命质地的重要标尺。让我坐在被告席的朋友，我一直把她当亲人，数年前，在她遭遇人间大难，连亲人的性命也难保全时，是我站在她的身边，以性命相交。如果让我重新选择一次，我依旧会那样去做，因为这是我的世界里的人间情义。如今，我依然愿意一而再，再而三地往后退，退到悬崖边，在没有掉下去的时候，我都愿意偿付我所能及的一切。

陷入困窘让我思索了很多。关于金钱。火能试金，金能试人心。可在利益面前又有多少人的心经得起检验呢？许多年前我对一个朋友关于金钱的诊断嗤之以鼻。在她那里，检验人心的标尺只有一个：金钱。并以数字的大小来衡量人的情义。但凡能以真金白银拔刀相助的人，她都觉得能以人间最重的情义待之。这一点贯穿了她整个人生线条。在我历经生活给我的重击之后，我恍然觉得她的判断带着某种先知先觉的迹象，尽管这未必是全知全能，却像一张过滤网，最现实而直接地过滤掉一些沙石瓦砾。

在某种程度上，我们家那一坛化成清水的银子，还不如我的朋友给我带来这一麻袋过期的钱。至少我见过这钱的样子，而他曾经的那些财富，只是传说中一个数字罢了。赎回这些数字给我带来的难堪和羞辱，我不知道这辈子能否完成。但我一直在做，我想老天会宽恕一个认真生活的人。上半生，我活得太糊涂了，下半生我一定要认认真真地过。

有一天师父对我说了这样一段话：你好好想一想，凭什么老天要把所有好的东西都给你呢？是啊，除此劫难之外，我得到的已经很多了，老天是要让我看一看，那些我从来没有看到的东西。在一堆废弃的钱财和师父的启示里，我又见到了新天地。没有什么是白白来到我生命中的，无论是考验或是惩罚，它们都是一把利剑，指向明晰。

如今，我在大多时间里保持清醒，却也无可避免地在一些固执里自我戕害。比如，我每次临写《兰亭序》至最后一句时，我总是难免地要把“有感于斯文”写成“有感于斯文扫地”。事实上，又何止是斯文扫地，生活常常让我感受到的是：斯文不如扫地。

8

上天像是要让我完成对钱财的深度教化。某一天，我又认识了一个奇女子。她的生命在一种疾病中颤抖着。这种疾病是这座城市的一个恶魔。她坐在我面前神气活现，一个五十岁的女人，妆容精致，衣着得体，像是要把岁月一拳击倒在地上。就连她说起自己身上的疾病都像是开玩笑，她不像是一个病人。在她面前我更像一个病人。我日渐清瘦的身体出卖了我。她说那年在银杏树下，一个容光焕发的你，黑头发，红脸蛋。如今你看看你，头发少了那么多，脸上的血色都没有了。她说我本来不想说我这些辛酸的历史了，但为了让你励志，我必须要把我的故事讲出来。

这些变着花样，想让我活得明白的人，总是让我热泪盈眶。她曾经是我眼里的成功人士，如果她不告诉我她经历的这些，我也相信她依然是成功人士，事实上，现在听完她的故事，我更觉得她是永远的成功人士。一个在困难面前永不言输的人，她是生活中的大英雄。阳光照射在她的身上，高大威猛，缤纷多姿。

卷曲的长发，刚刚被修理过，她左右显摆着，结出一朵又一朵的大波浪。我在她的自信阳光里顿觉自己简陋。她说，我的宝贝，你还有什么过不去的坎呢？如果有人敢上门伤害你，你立即给我打电话，我会迅速出现在你身边，我可以叉着腰杆不吐脏字，不重复一句地骂他一个小时，让他在我的唾沫里生不如死。

我第一次听说语言具有如此强大的功能。她像一个表演艺术家，让在座的人笑得花枝乱颤，每一种笑都是发自内心的欢乐。她有钱的时候，别人对她鞍前马后，是人人心中的大姐大。她拿着钱到处请人吃喝玩乐，风风光光。后来她的事业衰落了，要债的人来了一拨又一拨。白的黑的花的麻的，哪一样她都见过了。

有人打上门来，兵来将挡水来土掩，她只想给自己杀出一条生路。最离谱的时候是债主请了黑社会的几个小弟跟着她，债主告诉小弟们，这个女人爱干净，你们天天跟着，在她的办公室里，在她的家里随便吃瓜子吐口痰，把她整烦了，钱就拿回来了。事实上，如果有钱，谁愿意领受这样的屈辱呢。无论她出门进门，几个二杆子小青年阴魂不散地跟着她。对于他们不讲卫生的习惯，她实在忍无可忍，可又拿不出钱来。她这么对他们说，你们这些毛孩子都跟我儿子的年龄差不多了，天天跟着老娘有你们吃的喝的，那谁要把我的地板沙发弄脏了，我就打死他。你们在我这里好吃好住，老板还要开你们工钱，每天跟我在一起，你们高兴我也高兴，这样不是很好吗？时间越长对你们越有利益，你要是今天就能把钱拿回去了，你们不就失业了吗？问题是我真的没有钱。她的攻心战术在一周之内就起了作用，那几个要钱的小弟倒是成了她的小弟一样，被她呼来唤去的。债主见此招无用，也就鸣金收兵了，那些小弟反倒是对她开始依依不舍起来。

讲完这一出，她抱起了一个老烟筒，吸得津津有味，我的眼睛瞪得有铜铃大。她说，没办法，姐姐好的就是这一口，凭什么只允许男人抱小老婆呢？这也是我的小情人。饭后一根烟，赛似活神仙。这鬼东西太香甜了，吸上一口，真的赛神仙，哪管什么人间破事。嘟噜嘟噜嘟噜噜。她又吸了一口，那种飘飘欲仙的样子，让我产生一种想尝试的欲望。在我还小的时候，见过父亲吸烟筒的陶醉模样，就想凑上去吸一口，感觉肺部的气息都不够用，倒是把烟筒里的水吹了一地。父亲哈哈大笑，说，女娃娃不吃这一口。

有一次，我一个人在家里，忽然在晚来风急中伤心不已，任涕泗横流，她来看我，进门就是一顿好骂。她说，还中国作家，姐丢不起这个人，有本事作别人家去，为什么只有本事作自家呢。以后，姐姐不允许你再糟蹋自己一分一毫。一句话把我逗笑了，她引领着我走进洪水滔天的世界里，听她泗渡人生。

关于钱财的起起落落，在她这里有讲不完的故事。别人说的三起三落的人生，哪里够嘛。九起九落也不够呀。她家的墙壁上挂着许多竹艺品，食有肉居有竹的家，格调高雅。她说，宝贝，这些都是我在你发的朋友圈里看见，从你残疾的同学那里买来的，买了六千多块钱了，还又定制了一些。我跟你同学说了你的名字，他要送我一个发簪，我不肯要，坚持要付他钱，而他坚持要送给我，你说作为手艺人他多么不容易呀，我怎么会要他送我的东西呢？我们的生活有多艰辛，比起他来，我们真是好多了。

在这一刻我看见了一颗闪闪发亮的善良之心，她与我在同一个频道上，产生了深深的共振。我为我的同学写过一篇《竹子上的尊严》的文章，文字发出后，产生了很大的影响，加他的朋友圈要买他的竹艺品的人有很多。文学的终极意义是能真正帮助到别人。我的同学为此一直说些感激的话，我不接受他送我的任何东西，但如今我也成了买不起的人了。我无法用钱财去尊重他的劳动成果，好在我能深切感知一颗热爱生活的勇敢的心，我还有一支勤奋的笔，能做一些力所能及的事情。后来，他坚持要送我一根发簪，拍的图片制成抖音，又让他销售了一些发簪，减轻了我的一些愧疚之心。发簪后来到了另一个朋友的手上，她比我更喜欢它，那是发簪更好的归宿。

她坐在我面前，陶醉地吸完烟筒，又笑嘻嘻地向我讲述她从上海打飞的回来的故事。女儿家的柜子上有一瓶飞天茅台，那是她的最爱，她想喝了它，几经暗示，女儿都没反应过来。坐在高档的西餐厅里，她抠着手指，那是她从母亲那里遗传来的手指上的干燥症。一个手指头上的痒，只能不断地抓。母亲在大手指上，她的在中手指上。女儿说，妈妈，你别抠了，注意形象。就着一瓶飞天茅台的怒气和这一次误以为的嫌弃，她迅速订了张机票飞回来。最好笑的是带着行李箱出门，她又折回去用脚狠狠地踢了门。她笑得没心没肺，太像一个没有长大的孩子了。女儿百思难解，母亲突然就走了。

女儿与她的微信对话颇为壮观。大王，你今天过得怎么样？大王，最近心情可好？大王，吃上一盏了吗？她眯笑着眼睛，真像一个坐在台上受众喽啰崇拜的大王。女儿在英国留学六年，获得了国际注册会计师的资格证，就职于一家著名的国际会计师事务所。

比起她的人生，我的人生刚拐了一个弯。她把疾病打翻在地上，又把找她麻烦的人打败，如今正在规划着她的又一个春天。年龄和财富在她那里，都像是一场游戏，就连疾病也是。她甚至手舞足蹈地说，因为投了多张保单，她的疾病就好像找到了背家，她不再为此而忧虑。

在她那里，我看见了，不折腾就不成其为人生。钱财只是精彩人生的附属物，她把它们放在手掌心里爱，坐在屁股下面恨。爱恨都在一瞬间，灰飞烟灭的是钱财，不屈不挠的是她的精神。

这一课上得有些精彩生动。这世间有趣的灵魂就坐在我的面前，眉飞色舞。讲完这些还不过瘾，翻出她从奶奶那里继承来的老古董。刺绣的章法又向我扑面而来，一百年的时光都在那些针脚里穿越了。穿越到一个物质贫乏的年代，一个老奶奶还存留着对美的追求，花围腰，花枕头，绣花鞋，还有一只泛着绿光的玉镯子。她眼睛里的光芒，像几个时代经久不衰的大富翁。

再一次见到她的时候又是相隔几个月之后，她告诉我她的一个同学刚自杀了。一根绳子把自己吊在阳台上，一个矮矮小小的、一生都不出色的女子，不知哪来的勇气做了这样的事情。她说我要是早知道她们家的事情，我必须要上门去跟她好好说，钱不重要，重要的是人在。只要活着，一切皆有可能。

起因是她的儿子陷入了套路贷，卖了唯一的房子，也还不清儿子的贷款。催债的电话把亲戚朋友都打完了，她觉得这一辈子的脸面都没有存留的了。她跟千万个普普通通的人一样，在小富小安里过着自己的小日子，希望这样可以终老。没想到儿子的不慎重，残害了她的性命。

这几年，无数种贷款送上门来，年利率换成月利率，月利率换成日利率，单利复利不分的普通受众，一个个掉入了温柔的陷阱，最后倾家荡产的大有人在。以前听见是自杀的孩子，这一次是一个母亲。别人家的疼痛，叹息几声就过去了。那些在疫情中死去的人，每一个人的后面都是一个残缺的家庭。与这些在钱财中失去生命的人一样，每一个鲜活的人背后都是一个家庭的悲剧。人类的教训通常是这样，不见棺材时，不会悲伤地落下自己的眼泪。只有真正在死亡里惨烈挣扎过的人，才明白失去有多疼。

这天地人间，有多少人正在利来利往中迷失自己。我正在经历的，别人正在经历的，都成为这个社会的阵痛点。当这些点点线线相连成面的时候，许多不稳定不和谐就种下了。尽管我多么希望别人离我近一点，在我需要的时候向我伸出一把手。而我却一再请求他们往后退一些，再退一些。因为我深知，我身后这一个巨大的黑洞，必须要等我自己搬石头一点一点填上我才能心安。这是我活着的尊严。

我也终于明白了一些人的小气，那是因为他们吃过钱的苦头。以前我看见过走路蹑手蹑脚，生怕把路灯吵醒的老人，一个响声让电灯发出的光，在他们眼里都怕浪费了电费。我也曾经不理解农转非进到城里的姑妈精打细算的日子，她带着我上街买菜，通常是在晚上，收摊剩下的菜，价钱就便宜了。我和她走过摊子时，我常会听见后面的人在说她如何抠门。我那时年少，听完觉得脸热心跳，我不理解姑妈的艰辛。更不理解的是，每一次炒完菜的电炉上，她都要接一壶水放在上面，等饭吃完，洗碗的水就热了。八分钱一度的电，姑妈用得十分节约。如今，我像是要怀念已经去世的姑妈，在炒完菜的电炉上，放上一壶洗碗的水。

有人说，读懂鲁迅先生的作品，总是在中年以后。悲苦之中的小人物的命运，各不相同，又殊途同归。在物质中挣扎的人，尊严和体面就成了一帘轻纱，风吹动一下，心痛一下。物质与精神之间的辩证关系在理论上被定义为：物质决定精神，精神又反作用于物质。在实际生活中却是这样：在没有物质的时候，要花费大半的精力去寻找它，皮之不存，毛将焉附。物质丰沛了，又要花费大半的精力去寻找精神，皮之尚存，毛已衰退。只有在精神和物质都高度统一的时候，才是真正的人类文明时代。而我所面临的问题让我有一种错觉，我的肉身在下坠，而我的灵魂在上扬。我把自己的人生化为物质和精神各有一半，所幸我手里还有重要的一半，但愿它能载着我日渐衰老的肉体向上飞扬。

9

历经日月和人心的腌臜，总该是会在低洼处，落成一片海。凡此种种，无论是多么惨烈的经历，无论带着多少原罪，终将会成为过去。我不是第一个，当然也不会是最后一个。时间与人，都在朝阳与夕阳里，前赴后继。

在滴水穿石的隐忍中，我终于一次次艰难地完成自我的孵化。兵荒马乱的日子正在一天天安生下来，当我远离对药物的依赖，能拥有一个香甜睡眠的夜晚时，我就知道我已经试着站立起来了。

母亲依旧是这世界最心疼我的人，她生怕我没吃的似的，每一次来我家都要把冰箱塞满。上周末，她才刚把背包放下，就对我说，昨夜我梦见土地翻新，估计村子里或是哪个亲戚家里又会有要过世的老人了。母亲对于梦境的迷信，经过无数次验证。

第二天一早便接到表舅的电话，刚满一百岁的姑外婆仙逝。母亲说，梦里的事应准了。接着便在电话里与舅舅和姨们沟通如何去送他们的老姑妈最后一程的事。

刚刚断了最后一口气的姑外婆的嘴里，含着一枚铜钱，叫作含口钱。有了这一枚钱，她在往生的路途中就有了护身符。有人叹息了一句：唉，辛辛苦苦来一生，都是为了这文含口钱。说者悲壮，听者戚戚。谁的一生，不是这样过来的呢？关于含口钱的传说有无数种版本，不外是阴间的鬼魂也热衷于钱财，可以打通阴阳世界的这最后一枚钱币，能免去肉身受折磨的痛苦。没有人知道鬼门关的真相，但人们久久遵信传说，便成了一种风俗。

我想起了堂弟肚子里的那枚镍币，春节时四平村有老人过世，说起含口钱一事，兄弟们互相开玩笑，说堂弟以后死了，倒是不用含口钱了，可以拿肚子里的钱币充抵。恰有长辈老人在场，说，万万使不得，人死了是要把身上的金属全部取出的，无论是女人身上的节育环，还是男人身上做过手术的钢支架，统统不能带去。死去的人最是惧怕金属。老人的认真，引得晚辈们一阵哄笑。你看，即使是在死亡面前，人人也都觉得离自己还很遥远。他们更在乎的是今年能赚多少钱，新房子要盖了吗，新媳妇要进门了吗。

除了含口钱、纸钱、冥币、金元宝、银元宝，还要打上一树大大的挑钱。青松树上挂着花花绿绿的纸钱，上面有一个纸糊的俑人，美名曰：看钱哥。姑外婆的女儿们端饭端酒，敬献看钱哥，让它好好伺候死去的妈妈。没有钱的时候就去摇钱树上摇，早上摇得黄金三百两，晚上摇得白银两百斤，要让我们受苦受难的妈妈，天天有钱花，大方花。她们一边交代，一边流眼泪，可怜的妈妈一生艰辛，但愿另一个世界真有不费力的钱财，换得一世幸福的生活。

青山之间，几树花花绿绿的纸钱，儿子的、女儿的、子侄们的愿望都挂在上面。轻风吹过，纸钱扬起，浩浩荡荡，悲悲戚戚。想起了外婆给我们留下的最后遗产，是一沓沓真实的钱财。一角二角五角，一元二元五元，最大面额的十元。养活了八个孩子的外婆，一生在钱财里忙碌。当她终于能闲下来的时候，是她得了半边风，躺在床上的六年是生不如死的六年。外婆一见到我，大着舌头讲不清楚的话语，化成一滴一滴的眼泪。外婆去世的那天晚上，我梦见她坐在大椅子上飞上天了。

外婆去世后，母亲和姨们才发现钱的秘密。瓦罐、破鞋子、墙洞、箱子，到处都是外婆的银行。三姨拿着过期的钱去银行里兑换，工作人员告诉她这些钱早就过期，已经变成一张纸了。其中有一个人愿意以私人的名义兑换一些相对崭新的钱，为此，全家人感恩戴德，连连说是遇见好人了。剩下的一些都存在叹息里，那是外婆的血汗呀，磨破多少肩膀皮子才换来的钱，一分一分积攒起来的钱呀。

当有一天我手里宽裕点的时候，我提出要兑换收藏外婆的钱。姨和舅舅们都很开心，毕竟在一个农村家庭里，那是一个不小的数目。又破又脏的钱，装了一布袋子，收藏在我的柜子里。这是外婆留给我最珍贵的遗产，在我历经磨难时，打开它们，可以给我无限的怀念和启示。它们是钱，它们是纸，它们是精神，它们是虚无，它们是外婆勤劳一生的证物。

纸钱焚化在墓地，随风飘扬，如果真有另一个虚妄的世界，死去的亲人们都可免去贫穷困苦，成为一个个尊贵的人，那该有多好呀。然而，葬礼中的这一仪式，就像是人生对于钱财的最后慰藉，因为一世辛劳，也未曾得到那么多，便对另一个世界抱有无边的幻想。你看，生，带来希望，死，亦带着希望，中间的辛劳像是可以完全忽略了。

时代的沙粒纷纷扬扬，我们在活着时奔奔忙忙。没有人知道自己能活多久，但我们都知道自己必将死去。时间是静止的，是我们在流逝。相对于逝去的时间，无论成为什么，我们都不可能在正确或是错误的决定中成为最后的受益者。人类与钱币一样，都只是一定时间内的某种符号。

当人间悲喜与天边暮霭拥抱时，夜就来了。华灯下的夜晚，拉长了白昼的繁华。有钱的人，没钱的人，他们走出家门，各怀心事。在西河桥上，我曾遇见过一个贩卖天堂门票的人，他说那里居住着万能的上帝，他能解开人类的一切困惑。他满脸虔诚，像是一个真正热爱生活的人。

人间的烟火与灯火，点亮众生的坐相与站相。我唯一知道的是，这世界上没有一片叶子是为我落下的，我只是在等时间从我身上碾压过去。所以，我拒绝一切虚妄的陈述，为了给自尊和自由，找到一条开满鲜花的小径。看着月亮从东山上一点一点升起，我从心而生的欢喜，像月光洒满大地。万籁寂静，山河无我。

生生之水

四平村前面这条美人河通常只流三个季节，到了冬季，河水就干了。一整个冬天，人畜吃水问题就成了村子里的头等大事。这个山高坡陡谷深的地方，与村子的名字完全是别扭的。村子里有识了几个字的人拿出四平村的名字作为笑谈时，就会有人说，难不成米田村的人就天天有米吃呀。

米田是不产稻米的，而叫干沟的那个村子恰好水源充足。干沟村后面的黑青崖上常年挂着一条长瀑布，雨季是大瀑布，冬天是小瀑布。沟沟坎坎的地方，溪水四溢，田园丰沛。干沟村的人不懂治水，倒是嫌弃这到处漫出的水脏了脚后跟。每年冬天，他们看着四平村的老老小小像赶街子一样，挑着桶背着壶来取水时，他们就笑成一团，与老亲老戚们开玩笑说，这有个姑娘也别嫁到你们四平村去，为挑个水，肩膀皮都要磨掉几十层。

然而，这方圆团转的村子里，从高山梁子到低矮坡脚的青瓦檐下，都是些只打得却骂不得的老亲戚。张家的哥哥娶了李家的表姐的堂妹，丁家的大姨爹是嫁到胡家的三姑奶奶的大姑子的亲侄子。只要辈分上不乱了，这横竖的亲戚总是攀搭得起来的。自然也会有辈分乱了的时候，曾有一家几姐妹嫁给了同一村子里的几辈人，后世子孙们互相叫起来时的尴尬，着实令人费了些羞煞心。可这上村下铺的人跟风一样豁达，风吹到山林有了松涛，吹到河里见到清凉。他们会说，管他洋十三的，论配不论辈。只要自己人过日子安心，哪管人家怎么说去。

以父系为体统的村子，大凡总是讲些秩序的，那些在秩序之外的，他们也总有法子装进秩序的口袋里。就像村子里的篾匠们对待竹子的态度，粗壮的做了烟筒，苗直的当了晒衣杆，结实的用来打核桃板栗，至于划开的篾片是用来做箩手还是镶箩边，全都凭着经验随性走。有时，也会遇到实在是太难称呼的人情，上下左右攀搭起亲戚时，同一个人会论出几个辈分来，就着吃酒做客的席上，人人想争当长辈，想坐上席。总会有人丢落下一句：

各山雀各山叫，各依各教。吵闹不休时，就以年长为尊，拖着个长长的老烟袋坐到了上席，端起酒碗，主持酒事。事实上，谁都占不了谁的便宜，又谁都摆脱不了被人占了便宜，有姐姐妹妹的人免不得要做别人的大舅子小舅子，有兄弟哥哥的自然要被人称呼为姐夫和姑父。

每逢属龙属狗的天，就是赶街子的日子。几十里路上的人们，为通生活的有无，用脚丈量每一个街子天。他们在路上互相论亲、认亲，大多是些有姻亲关系的姓氏，除了问一声老姑奶奶们身体的安生，就是些奇异的话头子，说哪家的姑娘嫁到哪村不守规矩，说哪家的儿子三十好几了婚姻还不动。生老病死的事，都在嘴里嚼碎了，把一年一岁的光阴吃进肚子里。

又一个冬天来了，别的村子的女人们有空闲使针线，嗑瓜子，嚼舌根。四平村的女人们却要花大力气来解决吃水的问题，起初的小媳妇们嫁过来时，挑水挑得辛苦吃力，免不得有几声抱怨。她们放下水桶在哪棵树下歇气时，呜哈呜哈打开话头子，说四平村吃水真费力气，当初媒人上门时，我妈不让来的，我爹偏生说，人家祖祖辈辈都过得，就是你过不得呀。她摸着肩膀轻叫了声，哎呀呀，这两块骨头都不是我的了。这一回生，二回就熟了。再往下，也就不成为什么新鲜事了。

尽管我出生在四平村，用我奶奶的话来说，就该是坐老[1]的山坡不嫌陡峭。我知道，那是一种对家乡最亲密的情感，带着自然的、拟人的、亲昵的最眷恋的表达，与泥土和大山一样令人亲切。我离开四平村许多年了，每每回忆起村子里的一草一木、一山一洼，都令我身心欢愉。四平村就像是我身体的一部分，是生尽的骨头，长尽的皮肉。但因为心中镌刻的记忆深处，有一幕关于取水的亲身经历，让我对“陡峭”一词持有自己的保留。许多时候，在别人歌颂故乡的月圆人好时，我并不愿意站在主观的立场上去承认，承认生我养我的四平村真个是山美水美人美的人间仙境。但，它对我很重要，无可替代。在记忆选择的利己和排他性里，熟悉的景致让人带着先入为主的偏见，但并非是有自己的影子生存过的地方对于外人会有多少特别的意义。回忆只是一把失去锋利的钝剪刀，剪开一些生动活色的旧时光，把那些能影响我成长的镜头，慢慢地回放，拉长。

那一年，我才十岁，也许是十一岁。天降大旱，地上和地下的水都纷纷躲了起来，天上的太阳热辣辣地照在四平村人的头顶上，就连土地里长出的萝卜缨子都要冒烟了似的。整个大地像是一个高龄老人干枯的皮肤，处处都长满了皱褶。乡间的小道上，

① 坐老：指住了很久，一代又一代人居住的地方。滇东北部地区方言。

每走一步，都有黄灰在风里追赶着。家里的水缸见底了，因为母亲与我奶奶夸奖我的一句话，我就像捡着一颗水果糖，自告奋勇地说要去挑水。

我挑着一对桶，准确地说是一对小桶，哼哼哈哈就去干沟村取水了。远远地看见挂在干沟村子后头的那条瀑布，已经没了一点恢宏的气势，太像奶奶的裹脚带子被人挂在黑青崖上，白生生细长长的。我才到村子前头的那棵大槐树下，就被一只大黑狗咆哮得全身汗毛都竖了起来，大腿小腿上的肉肉迅速进入紧急状态。我一次次地弯腰下去装作捡石头的样子，大黑狗才被一步步逼退了，站在离我十几米远的地方，叫咬个不停。

等我舀满了水，一抬头就看见我们班最捣蛋的男生拿橡皮枪正对准我，他身后还有几个淌着鼻涕哈喇子的男孩子，向我使坏地似笑非笑着，其中有一个男孩子还不害臊地撒起了尿。如果一对一，我非撕了这坏骨头的皮不可，可如今在人家的村子里，被狗吓破的胆子都还在蜷缩着。我的心扑通通地乱跳着，恼着，羞着，怒着，却不知该如何是好了。

我才犹豫了几秒，就迅速地拿起扁担向他们扬起来，并大声地说，李大毛，你要是敢作死，等我告给老师去。李大毛没管我的话，“啪”的一声，一颗石子打中了我左边的小桶。还现编了个顺口溜：大彩放小猪，眼睛哭得水噜噜，大彩挑小桶，心急得黑洞洞。

李大毛先喊，小崽子们跟着一遍又一遍地喊，我的眼泪水顿时挣脱了黑眼眶，在风里乱飞了起来。他们几个大笑着跑开了，我懊恼又伤心地挑着水离开了干沟村。

一路上，我寻思着到了班级里该怎么收拾李大毛这个杂毛种。走一气，歇一气，越想越恨不能拿扁担砸死李大毛。水在桶里十分不安分，晃过来，荡过去，不断地往外泼洒。我感觉我的眉头上都要着火了，使劲地把扁担往地上一摔，跟路旁的一块石头生起了闷气。这人一倒霉起来，连水也要跟我打架似的。热风一阵一阵地吹过我的脸，真是要把我点着了。

忽然想起母亲交代我的话：如果桶里的水太摇晃，就在路边扯一枝带叶子的树枝丫放在桶里。四平村的人说，这叫打逛。果然也奏了些效，水在我的桶里安稳了许多。路上遇见了好几个外婆村子里的人，我要叫舅舅的、姨娘的、外公的，他们都夸我懂事，小小年纪就知道帮家里干活，还顺便夸了母亲有福气。这一夸，我都忘记了刚才在干沟村遇见的不愉快，也忘记了被一块石头反弹回来的疼。不知歇了多少回气，好不容易才把两公里的路程走完了。回到家里，桶里的水也就只剩下一半多点了。我一丢下扁担，忙不得与奶奶哭诉李大毛欺负我的事，就赶紧舀起大半瓢冷水，咕咚咕咚地往肚子里倒下去。我瘫坐下来，像一块抹脏了的破布，胡乱地堆在火塘前的小床上。

好在，这种事情是极少发生的。即使大旱了，村子后面的石洞里也还藏着法宝。唯有那一年，石洞里都空了，就连三台洞、仙人洞里的水也近乎干涸了。村子里的老人们说，美人河两边的青山肚子里长出的石洞，它们都是连着通着的。四平村的人在没有发现村子后面这个石洞的秘密以前，每年秋末冬初，待河水一断流，像是寺庙里的小和尚们每天必修的功课一样，挑水，每天都要不断地挑水。挑不了水的年少小和尚们就抬水，不断地抬水。即使是最小的小和尚，在学会走路，能大跑大撒之后，就用个小塑料壶跟着哥哥姐姐们去背水了。这个村子里的男娃女娃都是这么长大的，他们腰圆腿粗，肩宽心厚。

美人河两岸的青山隐隐，山顶上长着高大的青松，山腰上长着一些不知名的矮棵灌木丛，岩壁上隐约可见许多石洞，每一个石洞都有自己的秘密。它等待着有缘人的探访，一不小心在某天念了一声“芝麻开门”，就发现自己想要的财宝。四平村后面这个石洞里的秘密,就是在某一天被一个人发现的。自从它被打开以后，它就像一条永远流淌的母亲河一样，养育着四平村的人。

有了水源的四平村的女人们着实兴奋了很久，她们把省下的力气消耗在土地上，你带着我，我跟着她，就搞起了蔬菜种植。那些需要大量活水来种植的蔬菜，在她们从石洞里不断往返的力气中茁壮生长，长成最大面额的钱票子。每年在街市上出售的最新鲜的蔬菜，都是四平村的女人们第一拨上市的，卖得好价钱的女人们，一个赛着一个种得花样百出。她们互相交换种子，西蓝花、空心菜、迎天椒等都长在了各家的地里，她们也互相传授种植的经验，是羊粪好还是猪粪好，是种黄瓜卖钱多还是栽茄子产量高。非要你家的比我家的高出半拇指，我家的比你家的多结半箩筐，她们才肯甘心。

到了冬天，她们为了地里的蔬菜长得更好，上市更早，半夜就要起来去石洞里挑水。勤劳就像是一种传染病，在整个村子里不断蔓延，即使是嫁过来时有些懒惰的小媳妇，被村子里的女人们一约一伙，不出半年，就开始脚下生风了。在四平村，很难见到低眉顺耳的女人。跛脚的二伯说，这村子的女人不恶作都不对，后面的山叫凤凰山，前面的山叫老母猪山。一村子的男人女人听见这话，就笑得嘴巴里全是风，顾不上吃烟吃茶吃饭的人们，暂时乐得忘记了苦累，像是占了女人们天大便宜似的。

大白天有空闲时，四平村的女人们会在柿子树下使针线，说些有趣的故事。关于这个石洞的往事，最能让村子里的孩子们充满兴趣。没有“在很久很久以前”的前缀，她们会相互比着该叫的辈分说，这事，还得你大公公狠（比喻厉害的人）了。我们的思绪就跟着回到了古老的年代里。

那个我要称呼为大公公的人，他是当时的村长，二十来岁的光景，先前跟着私塾读了两年书，初娶了媳妇，雄姿勃发，意气充盈。他的先生曾做过山西某县的县令，因不满于官场的黑暗腐朽，辞官回乡耕读，在三台洞里办起了私塾。洞洞相连的山肚子里，别有宽敞的新天地，就像一个天然的大房子，有完整的三层石洞。石洞外面，修建了亭台飞檐，镂空窗棂，琉璃青瓦。一个秉承中国古建筑美学向度的建筑群依山势而建，浑然天成，妙趣飞悬。三台洞的下面是清澈的水流，四季淙淙，日夜幽静，天与云倒映水中，鱼与水草相映生情。在读到柳宗元的《小石潭记》时，我竟产生了一种错觉，仿佛柳先生正坐在这个清水汇聚的小石潭前凝眸深思，奋笔疾书。

这股从三台洞下流出的清水，被人们称作小石河。它围绕着村子蜿蜒徘徊，像一个不肯出嫁的姑娘，眼泪流成弯弯的溪水，流进村妇顽童老人们的心里，长成他们生活的一部分。在古老的年代里，这方圆团转的姑娘们在出嫁前，是要哭嫁的，以示对衣胞之地和父老乡亲们的不舍之情。三台洞侧面的那个小村子被命名为小石河村，常年清澈的河水让这个村子的女人们的生活过得相对安逸，除了做豆腐熬白糖的女人们起得早之外，她们很少有人知道种菜园的辛苦。这让四平村的女人们很困惑，就像小石河村的女人们也很困惑为何她们还在睡梦中，四平村的女人们已经把蔬菜背到了街市上。自然条件的迥异，让人的生活现状产生极大的差异。水，是生命之源，是生活之源。你看，就连水源丰沛的村子里长出的姑娘们，都是一个赛一个的水灵灵。从干沟村到小石河村。

关于那个私塾老先生的传说里，最奇闻的一件是，他曾与洞中的仙人对弈半盏茶的工夫，出来人间已是三天三夜。先生所出入的洞被称作仙人洞，与三台洞之间隔着一条河流。一面红褐色的岩壁上，有一个老仙人的样子，没有一丝人工雕刻的痕迹，就连老仙人下巴上那袭长胡子，也是一株植物最天然的造型。岩壁下面是一潭深不见底的碧水，就着这源源不断的水流，建起了一座水磨坊，惠及数里路上的村子，满山满坝的麦子、谷子都归了这磨眼里。

仙人洞的传说有许多版本，不外是人与仙曾有过多么深切的交往，但凡人间办不到的事情，仙家都有解决的办法。后来，因为人间的背信弃义，仙家便不再理睬人间的破事了。老先生在仙人洞中的奇遇被赫然地写进县志里，后来的人都相信那是真实发生的事情，他的后人们更是以此为荣，就连我也是深信不疑的。而他的弟子，像是得到了先生的衣钵真传，竟然在四平村后面的石洞里发现了另一个大秘密。

那时，老先生已经作古好几年了，在乡间的传言里，他应该是得道升仙，进入往生极乐的世界里了。他的弟子某天去山上放羊时，大概是受到了师父的什么启示。在一个他平时赶着羊群经常行走的地方，被石头绊了一跤，一屁股爬起来时，就发现了新鲜事。一个有一只炒菜锅底大小的洞口，向他暗示着什么。有种特别的好奇心驱使着他已经熄灭的顽皮，他顺手捡了块石头，朝洞口丢了下去，侧着耳朵一听，像是下面传来水的声音。他浑身激动起来，忘记了摔伤的地方正在疼着。接连把洞口周围能动的石头都丢了下去，空幽幽的回声里，他一次次地闻到了水的味道。如果有水，这不是要改变这个村子冬天吃水困难的局面吗？

这消息让村子里的人兴奋无比，他们搬来大大小小的石头，想亲耳听到石头溅落水花的声音。在验证了确实有水的说法后，四平村的人就打起了各种的主意，也提出了各种疑问。耳听是水，那么眼见会是水吗？水有多深，流有多大？村长自告奋勇地说要亲自下去探测个究竟。在奉献和开拓的精神面前，年轻和勇敢就像两把金光闪闪的钥匙。但要下到一个未知的石洞里，没有人有十足的把握，在村子里那些稀奇古怪的故事中，那些居住在黑暗里的扰乱人身心的看不见的东西，它们也许就居住在这个石洞里，它们曾经谋害过四平村的牲口和人的性命。

论证来，论证去，在所有的方法中，最有效的是需要一根足够粗长的绳子。四平村的人都知道，后山上有种叫羊草的长草搓出的绳子最牢实。好多天了，全村子的人都在忙着搓一根绳子的事。

终于，他们有了一根最结实的绳子，它一头牢牢地捆住村长的腰，另一头是村长的年轻力壮的兄弟族人们。村长用手扒着洞口，慢慢进入了未知的黑洞里，上面的人一点点地松绳子，缓慢悠悠地放下他。先前就约定好了，若是村长在下去的途中，遇见危险就大呼大喊。

洞里漆黑麻麻[①]，除了洞口那一束光浅浅地照进来，照进黑暗里的光，像是被黑暗迅速吞噬了一样，再往下一些，就全然不见五指了。村长感觉这是到了另一个世界，那种村子里的人说的阴曹地府里，下面会有小鬼判官们在等着他吗？凉飕飕的空气一点一点地包裹着他的身体，恐惧也在一点一点地挑战着他的胆子。被黑暗放大了的空洞，茫茫然无边际。进入身体的一些小害怕，被他哧溜地赶走，又吭哧地回来了。洞口的人在叫他，他答应了几声，声音穿过洞壁，给了他一个个被延长了的回音。阴森森，拔凉凉的回音，像是人们传说中七月半的鬼魂的喊叫，渗进五脏六腑里。四平村的人会说，你有吃屎的胆，你就走吃屎的路吧，一不小心，吃屎就会捡着油渣，那就赢定了。

村长硬着头皮向上说“放，放，放……”，像是没有一个可以着陆的地方，火把已经快要萎了，腰上还有两把备用的。火光所

① 漆黑麻麻：看不见又害怕的感觉。滇东北部地区方言。

能到达的地方是有限的，而他却不知道离水源点还有多少距离。他掏出口袋里的一块小石头，“啪”的一声，没有水的声音，他感觉到另一种恐惧，万一这是哪路鬼魂神仙在戏弄人的把戏，这可是自寻死路的做法呀。他又燃起了另一个火把，绳子晃悠悠地把他摆弄到石洞壁上，火光照见一些潮湿，照见不见天日的岩洞壁，照见急忙躲闪的小生物，照见姿态各异的石钟乳。往下，再往下，还是照不见水源点。绳子短了，无法着底。他对着洞口大叫了声：“拉我上来。”洞外的人以为他遇到了什么危险，个个儿使出蛮力，几下就把他拉到了洞口。

再一次加长绳子，又把村长放下的时候，同时也放下了另一个兄弟，有了伴的黑暗，就生出了两颗宽大的心，也许还有些冒险者的豪壮在胸中。当一泓清澈的水在火光的照耀下粼粼漾漾[①]时，年轻的村长和他的兄弟醉了，他们像是人类历史上所有发现能造福人类的某种惊异发现或是发明人一样，按捺不住心中的激动，他们忘记了任何恐惧，只有发疯地狂呼。洞口的人以为遇见鬼魂了，迅速把他们拉上去。又一次次地放下胆大的人，个个儿都像吃菌子中了毒的样子，失去了平日里的象状。

据说，那晚，整个村子的人都比过年还开心，他们喝着一年

① 粼粼漾漾：云南方言中常使用叠词叠字。这里指波光粼粼，水波荡漾的样子。

才能喝上的酒，吃着一年才能吃上的肉，喊拳喊得昏天黑地，不停地谈论要如何才能打开那个石洞的大门。他们甚至还说，这个石洞的顶部还有一个大石洞，老祖公曾留下一个谜一样的顺口溜：铜鼓配铁鼓，配得银子万万五，若是有人识得破，够买云南四川府。那个夜晚，四平村的人都不是普通的村民，他们是科学家，是冒险家。

任何坚固的大门，都不是神奇的力量所能抵达的，除了火药。他们开发一个石洞时，像一群有经验的匠人，从哪里放炸药，从哪里留通道，从哪里砌石阶。一些人守在土地上，一些人关进石洞里，不知经过了多少汗水和心血，多少白天和黑夜，四平村的人终于可以挑着桶去洞里取水了。他们结束了在冬天要去干沟村挑水的日子，就像找到了自己生命的源头。除此，他们还在一本发黄的家谱上，知道这个姓氏的人来自福建的建宁府，堂号为“巨鹿堂”，祖上曾经辉煌显著过。大公公那一辈分的人，是水字辈，像是冥冥中的注定，他们完成了神奇的使命，找到了四平村的水源点。

从洞口到达洞底的水边，足足有一百八十多级台阶，拐过一个弯，再拐过一个弯，又一个弯，还有最后一个弯，就到水边了。一个个火把照亮了漆黑难走的曲折小路，把生活的源头伸进石洞里。夏天时河里涨水，洞里的水曾经漫至洞口，得见天日的水啊，碧绿碧绿的，让人口渴。去河里挑水的女人们都不去河边了，她们说，那水太浑了，连衣服都洗不干净，怎么吃嘛，又说，上面才冲走一个死猪，都恶臭死了呀。她们蹲在洞口，一瓢一瓢地舀起她们的日子。在有的选择的生活面前，人们就有了挑剔的余地。她们在说完这些时，总会附带上一句：哎哟，也是贱皮子。听不出她们的语气中有任何轻蔑和贬损自己的意思，就像陈述一种不争的事实。

四平村的女人们若是带着不乖的娃娃，她们就不得不背着孩子又挑着桶下洞取水，她们舒长气的声音，一进洞口就能听见，悠悠长长的乏累被她们一口一口地吐在洞里，吐在幽暗的时光深处。干旱的冬天里，一级一级的石阶要下到最底部，被千百次地踩过的石阶，石头都磨得光滑了，就连凸凹不平的那块大石头上，也越发地平展起来，一对桶歇下来，都不会倾斜洒出一滴水了。大人们能稳稳当当地挑出一挑水来，而孩子们就有些困难了，常常一路洒洒泼泼，气喘吁吁，石阶上便常常是泥泥泞泞的印迹。曾有人说，这水里是有鱼的，白生生的鱼儿，才挑出洞口，一看见太阳，鱼就翻了肚皮。我和小伙伴们每次下到水边，就屏住呼吸想看看那白鱼儿的仙模样，只可惜一次也没见到过。

我六岁多点的时候，第一次跟母亲进洞取水，她挑着一对桶，我背着一个塑料壶。我哆哆嗦嗦地跟着她进洞，在她左一句右一句“慢点，慢点”的提示声中，高一步低一步地下到了水边。母亲熟练地打水，她先把她的一对桶打满，再装满我的小壶，水从塑料壶口吐着泡泡缓缓地流进壶里。黑乎乎的洞里，只有一束光芒，照见我们的鞋子和一级一级的石阶。母亲的手电筒光指向何处，我就走往何处。那时，街市上已经有手电筒这东西了，但许多人家为了省点钱还是沿用火把的习惯。我歇息了几次，好不容易才走到洞口。

许多事情，有了第一次，是为将来的许多次重复做了一种开启的仪式。出于对黑暗的恐惧，我每次去挑水都要约上小伙伴们。慢慢地，我们从背水到了挑水，也如母亲那样，可以让一副扁担上的两只桶在两个肩头上熟练地换动左肩和右肩了。这种年年往复的动作，锻炼了我们肩部的强壮肌肉。对纤腰削肩的古典审美在四平村里是站不稳脚跟的，为着这要吃水的生计，四平村的姑娘们大多腰圆臂粗，肩壮脚实。庄稼地上的人们，讲究的是牢实和耐用。母亲说，你看养个猪啊牛啊的，都要肥壮才好，就连上山捡个菌子，也希望能捡着一朵就撕得一大碗来着，谁会喜欢瘦凄凄害朵朵[①]的果实呢。后来，我在汉语字典上看到“美”的会意解释后恍然大悟，说羊要以大才为美。

① 害朵朵：形容营养不良，长得又瘦又小的样子。滇东北部地区方言。

饮水思源是中国传统的道义，四平村人从来没有忘记过这个。一些细节可能被时间涂抹覆盖了，但主要的脉络依然是清晰的。他们在说起村长时，一个“狠”字就代替了一切赞誉。感叹他英年早逝，留下一个遗腹子，尝尽生活的艰辛。至于他的死因，却像一团面容模糊不清的旧棉花。有人说他是病死的，有人说他是被人害死的。

在村子里那些神奇的传说中，一个人死了，这实在是一件十分正常的事。在四平村那些死去的人中，有的人的死让人觉得不可思议，比如，一个女人像被神捆绑了魂魄，驱使着她在做饭时用火钳夹起一块烧红了的炭，放进自己的喉咙里杀死了自己。那些吊死在树上的，被土方和石块打死的，或是吃敌敌畏闹死的，说起来都有一长串的名字。四平村的人在办完丧事之后，生活又回归到平常，没有谁知道自己的死法和死期，一句“生死有命，富贵在天”，又让他们回到庄稼地里做活路，回到石洞里挑水。

这个造福了后人的石洞没有一个特别的名字，它被直呼为“大洞”，简单、粗暴、实用。我相信那个当村长的大公公也不会在意它叫什么，更或许他从来没有想过这个。一个独一无二的石洞，石洞里有水，被叫作什么，四平村的人都是知道它的指向。许多年来，四平村的人以从石洞里挑水这样的实用主义来纪念村长，纪念他给这个村子带来的福音。当一件事物的指向是明晰的，它的意义就不会停留在一个浅显细微的称呼里，只有当它的指向模糊了，才有可能需要重新辨别。如果真有一天需要给这个石洞命一个名字，我们应该以大公公的名字来纪念他。

即使我被这石洞里的水养育长大，我对它充满感激，但我一直不敢太走近它，尤其不敢一个人走近它。多少次，我都鼓起勇气，挑着一对桶，跃跃欲试地想要完成一次对自己的挑战。但每一次我都失败了，我走完有洞口光亮的那几步台阶，一进入黑暗区，就仿佛觉得岩壁上长出许多双神灵鬼怪的眼睛，它们直勾勾地看着我，让我毛发直立。我每走动一步，就觉得我身后有一个影子，不紧不慢地跟着我，我一回头，它就躲进那些石头缝里。哪一次都是惊慌失措地跑了出来，坐在石洞边上等伴，好在，我总是能很快地等到同伴。我的这种感觉，普遍地存在于我的小伙伴们身上，我们在一起叽叽喳喳地说，但说完，我们还是要结着伴大着胆子去取水。

其实，这个石洞里从来没有发生过什么奇异的事情，就连那些在平路或是山上失足扭伤的事情也从未发生过。但有一天，我还是遇见了一次奇异的事。以往进洞取水，只要有伴，无论在前还是在后，都不用再害怕什么。那一次，我像是有什么预感一样，到了洞口，我死活不肯走在最前面。我不走，小伙伴也互相推辞起来，都不愿意走在最前面。这时，我大妈带着四姐姐也来挑水了。

她给四姐姐打气说，没事，你走在最前面，哪里会有什么鬼嘛。

一伙人浩浩荡荡地进洞了，我的心开始突兀乱跳起来。只听见“啪”的一声，一条大麻蛇掉到了四姐姐脚边，四姐姐魂飞魄散地尖叫着，一伙人迅速地逃了出来。小伙伴们个个儿胆战心惊，浑身发抖，就连我大妈也脸色惨白，她装作镇定的样子哄着她受惊吓的女儿。四姐姐说，我不上前，你非让我上前，万一掉在我脖子上，我不是要被大麻蛇咬死了吗。她一说完，就哇哇大哭起来。我大妈像是要急于给她女儿一种恰当的安慰，就转身把气撒在我头上似的，她说，你这个小鬼娃娃，让你上前，你非不上前。她的话还没说完，我就哇啦哇啦地哭得停不下来，声音比我四姐姐的高出很多，哭到母亲来了，我的声音更大了。她们哄乖了两个张着大嘴哭泣的小姑娘，就开始把刚才的害怕当成了故事。小伙伴们你一嘴我一舌地说着这条蛇，有人说它是一条长脚的蛇，有人说是一条白花蛇，有人说明明是黑花蛇，还有人说它长着脚。但谁也没有勇气再下去看一眼。

石洞里发现了大麻蛇，这是村子里的一件大事，如果不把它捉住，以后孩子们就不敢再去洞里取水了。胆大的大炮叔拿着一些工具进洞了，顿时石洞里飘出了火烟和辣椒的味道。过了好一会儿工夫，他终于捉到了那条大麻蛇。足足有碗口那么粗壮，没有脚，不是黑花也不是白花，它是一条大青蛇。大炮叔说，这条蛇从洞顶那么高的地方跌落下来，像是受了些伤，他下去的时候，它正努力爬向石壁脚边的一个洞里。大炮叔使劲揪住尾巴也无法把它弄出来，直到用火烟和辣椒熏，才把它捉到手。那条蛇的去向，我忘记了。到了大炮叔手里的东西，他总有办法让它们有一个妥当的去处。或是卖钱，或是吃了，或是放生，得看他的心情。

有了这一次难忘的经历，我对那个石洞总是怀着一种深深的恐惧。但我不太敢把这种恐惧放大，我害怕一放大这种恐惧，我就不敢再去洞里取水，那样，母亲手里的棍子条子就会给我带来更大的恐惧和疼痛。我只想着有一天，我要逃离这种恐惧，逃离到一个不用在黑暗里取水的地方，不会遇到眼睛看不见的一切未知。

到了今天，我实现了心中那个隐秘的梦想。我住在高楼上，一扭开水龙头，清悠悠[①]的水就流在我的手心里，我可以在洗碗的时候，听一段流水的声音。还可以嫌弃自来水的来源不够纯洁，一个电话打过去，一桶一桶的纯净水就送到了茶杯前，它过滤了那些有杂质的生活，让日子变得更加舒适、美好。

对于一个生养我长大的衣胞之地，我总是时时怀有深刻的想念。在并不算遥远的山路上，我与它在节假日里亲密地互相问候。

① 清悠悠：指水清澈，水流悠缓的样子。滇东北部地区方言。

好与不好，都长在心里、眼里。为它自豪，亦为它哀伤。在我的一直的视线里，四平村的人们因为勤劳，许多人家与贫困一直就没有沾多少边，若不是病了灾了，家家火炉里的火都是烧得旺旺的。现如今的各种政策像风一样吹进村子里，路面硬化了，自来水引来了。在一场火灾之后，我正担心父老乡亲们的日子时，他们在短时期内就盖起了城里人住的楼房，气派有力，欣欣向荣。我再一次幸福地对艰苦的岁月充满深深的感恩，它让勤劳坚实地种植在四平村人的身体里。

好几年前，风吹来一场大火，烧毁了四平村那个大四合院。有前院后花园的院落是这方圆团转里独一无二的院子，那里有我童年的许多记忆，它不仅是四平村人勤劳致富的证据，更是一种精神财富的象征。失去，就像被更新的生活，看上去没有比从前变得更不能忍受。现在，四平村的自来水已经进了家家户户的院子里，人们再也不用去石洞里取水了。没有了人走动的石洞，已经坍塌、破败了，就像是这村子里的一门旧亲戚，随着亲人们的离世，一些年久失修的关系渐成陌路。

我每次回到村子里，喜欢站在洞口眺望一会儿，在有朋友同行时，我会不厌其烦地讲述有关它的一切。它对于我是重要的，对于别人，也许只是一种小新奇罢了。生活中的事物被磨砺之后，都会成为一种旧物，成为某段历史的见证。如今，三台洞已经被市里定为文物保护单位，修葺一新的建筑群悬挂在岩壁上，成为一方旅游胜地，洞下的水已经不能够完成它从村子里经过的行程，就像一个步履蹒跚的老人，只能在家门口晒晒太阳了。而对面的仙人洞下，那一池碧绿的清水已乘鹤而去，只留下白云空悠的闲情。唯有洞前石壁上那个酷似老仙人的石像，无论从哪一个方向看去，他都在向着人间慈爱温暖地笑。

图书在版编目(CIP)数据

生生之门 / 叶浅韵著．— 北京 ：北京十月文艺出版社，2021.12

ISBN 978-7-5302-2198-3

Ⅰ．①生… Ⅱ．①叶… Ⅲ．①散文集—中国—当代 Ⅳ．①I267

中国版本图书馆CIP数据核字(2021)第231365号

生生之门
SHENGSHENG ZHI MEN
叶浅韵 著

出　　版　北京出版集团
　　　　　北京十月文艺出版社
地　　址　北京北三环中路6号
邮　　编　100120
网　　址　www.bph.com.cn
发　　行　新经典发行有限公司
　　　　　电话（010）68423599
经　　销　新华书店
印　　刷　北京盛通印刷股份有限公司
版　　次　2021年12月第1版
　　　　　2022年4月第2次印刷
开　　本　850毫米×1168毫米 1/32
印　　张　7.75
字　　数　121千字
书　　号　ISBN 978-7-5302-2198-3
定　　价　39.80元
质量监督电话　010-58572393
如有印装质量问题，由本社负责调换。